徳間文庫

禁裏付雅帳五

# 混乱

上田秀人



徳間書店

# 目次

第一章　武と雅の裏　9
第二章　京という価値　70
第三章　公家の繫がり　131
第四章　洛中の騒　193
第五章　始まった闘　252

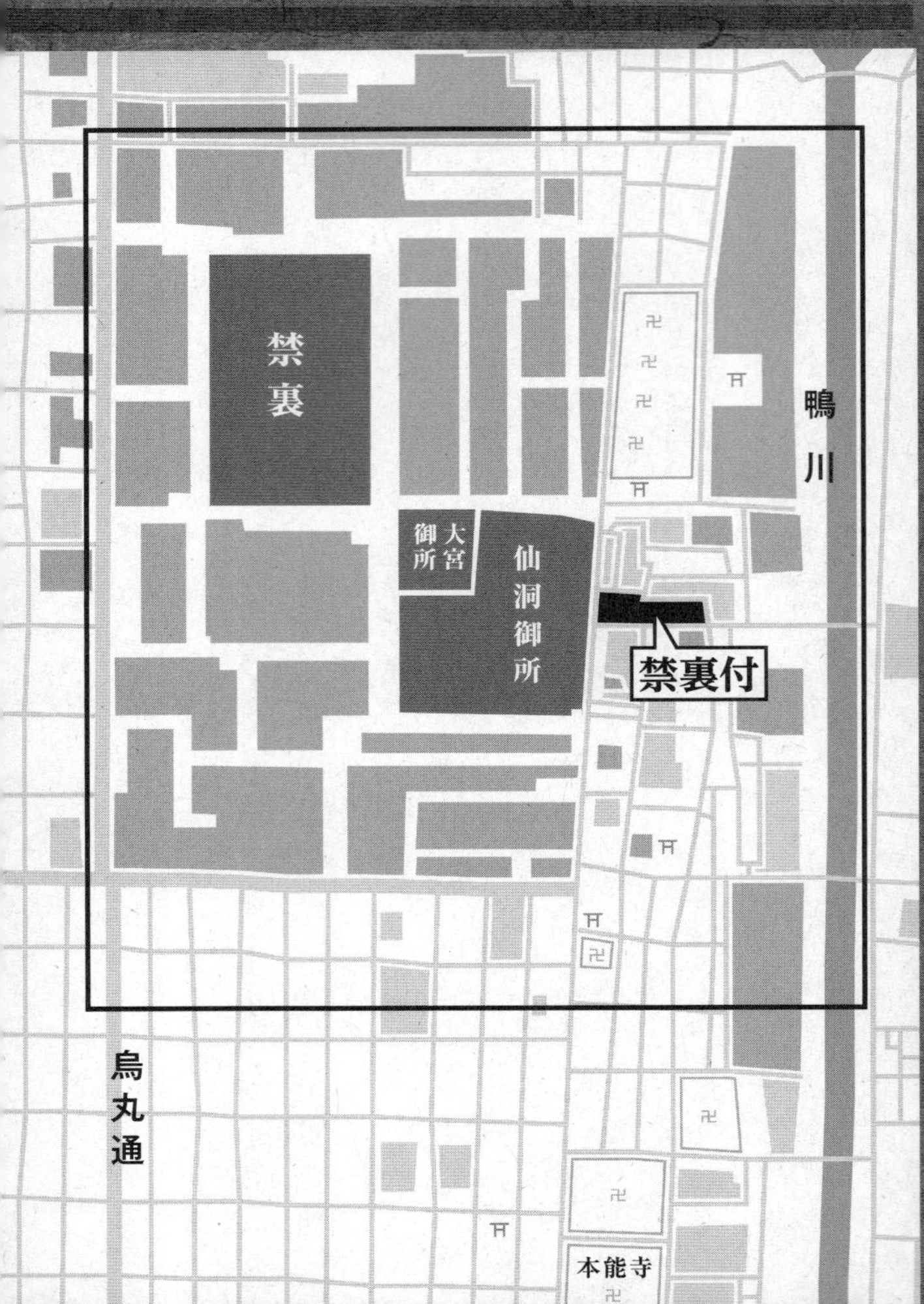
禁裏
大宮御所
仙洞御所
禁裏付
鴨川
烏丸通
本能寺

# 天明 洛中地図

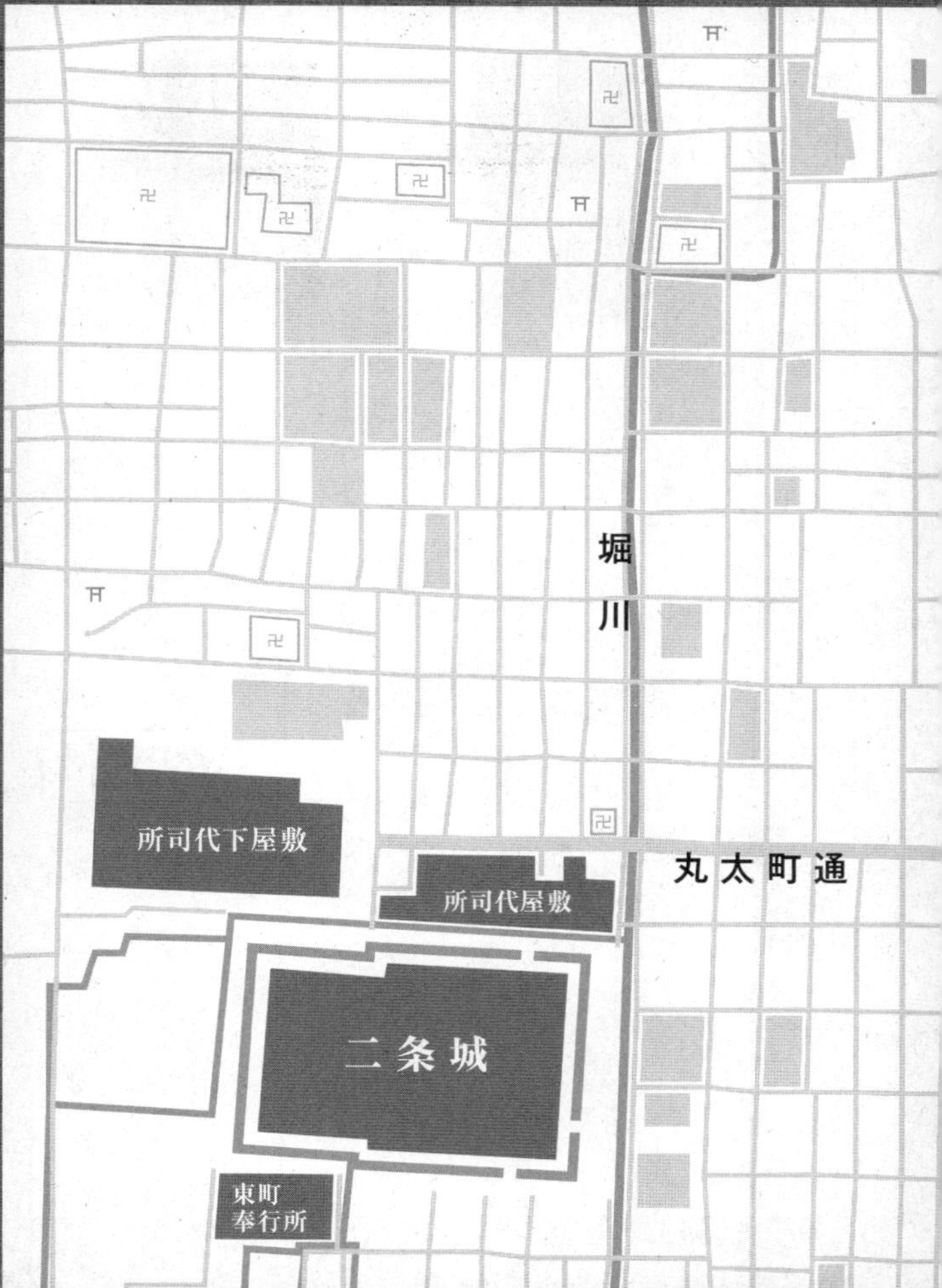
堀川
丸太町通
所司代下屋敷
所司代屋敷
二条城
東町
奉行所

# 天明　禁裏近郊図

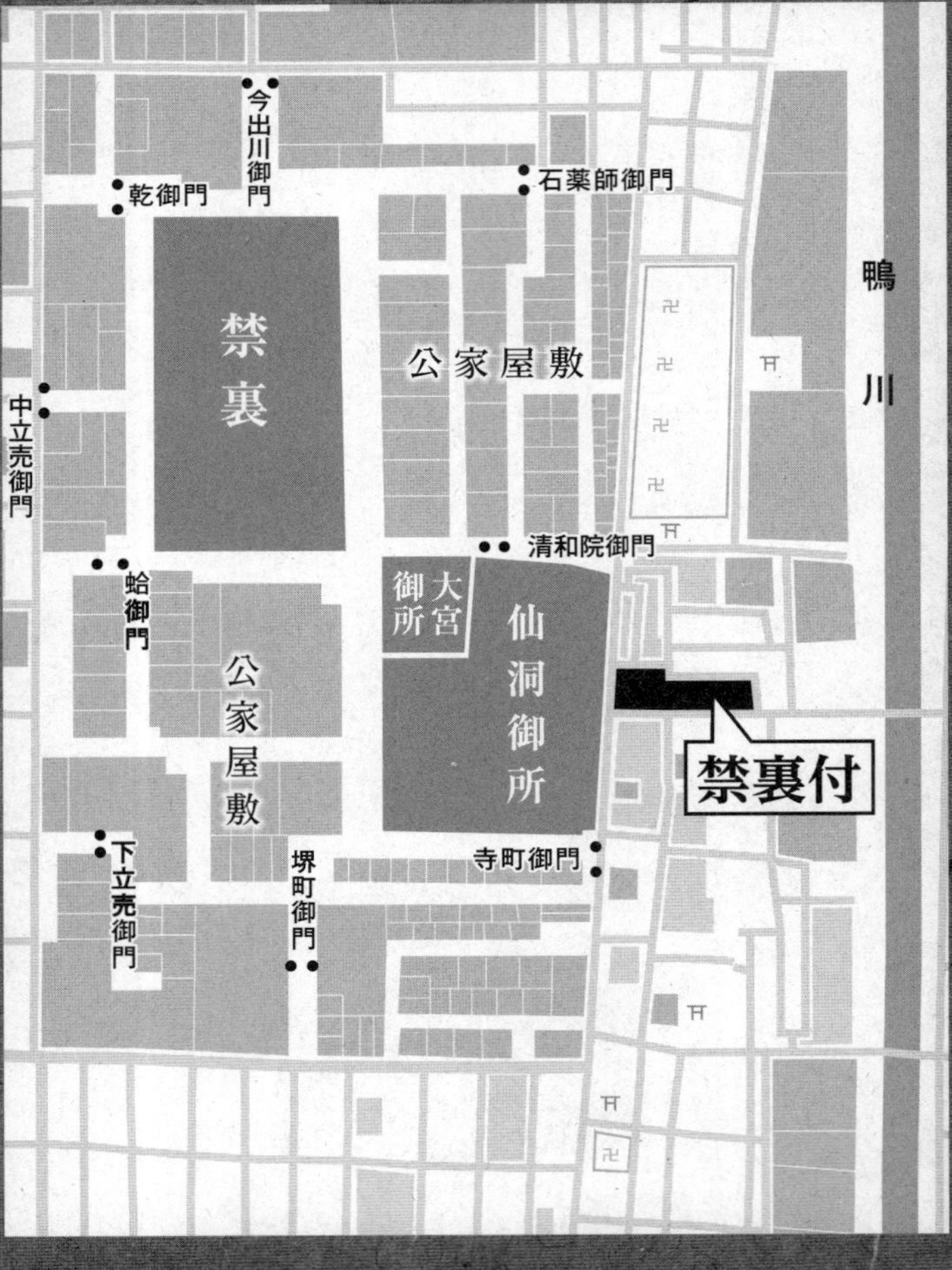
今出川御門
乾御門
石薬師御門
鴨川
禁裏
公家屋敷
中立売御門
清和院御門
蛤御門
大宮御所
仙洞御所
公家屋敷
禁裏付
下立売御門
堺町御門
寺町御門

**禁裏**（きんり）

天皇常住の所。皇居、皇宮、宮中、御所などともいう。十一代将軍家斉《いえなり》の時代では、百十九代光格《こうかく》天皇、百二十代仁孝《にんこう》天皇が居住した。周囲には公家屋敷が立ち並ぶ。「禁裏」とは、みだりにその裡に入ることを禁ずるの意から。

**禁裏付**（きんりづき）

禁裏御所の警衛や、公家衆の素行を調査、監察する江戸幕府の役職。老中の支配を受け、禁裏そばの役屋敷に居住。定員二名。禁裏に毎日参内して用部屋に詰め、職務に当たった。禁裏で異変があれば所司代に報告し、また公家衆の行状を監督する責任を持つ。朝廷内部で起こった事件の捜査も重要な務めであった。

**京都所司代**（きょうとしょしだい）

江戸幕府が京都に設けた出向機関の長官であり、京都および西国支配の中枢となる重職。定員一名。朝廷、公家、寺社に関する庶務、京都および西国諸国の司法、民政の担当を務めた。また辞任後は老中、西丸老中に昇格するのが通例であった。

## 主な登場人物

東城《とうじょう》 鷹矢《たかや》　五百石の東城家当主。松平定信から直々に禁裏付を任じられる。

温子《あつこ》　下級公家である南條蔵人の次女。

徳川家斉《とくがわいえなり》　徳川幕府第十一代将軍。実父・治済の大御所称号勅許を求める。

一橋治済《ひとつばしはるさだ》　将軍家斉の父。御三卿のひとつである一橋徳川家の当主。

松平定信《まつだいらさだのぶ》　老中首座。越中守。幕閣で圧倒的権力を誇り、実質的に政《まつりごと》を司る。

安藤信成《あんどうのぶなり》　若年寄。対馬守。松平定信の股肱《ここう》の臣。鷹矢の直属上司でもある。

弓江《ゆみえ》　安藤信成の配下・布施孫左衛門の娘。

戸田忠寛《とだただとお》　京都所司代。因幡守。

佐々木伝蔵《ささきでんぞう》　戸田忠寛の用人。

池田長恵《いけだながよし》　京都東町奉行。筑後守。京都所司代を監視する。

光格天皇《こうかくてんのう》　今上帝。第百十九代。実父・閑院宮典仁親王への太上天皇号を求める。

土岐《とき》　駆仕丁。元閑院宮家仕丁。光格天皇の子供時代から仕える。

近衛経熙《このえつねひろ》　右大臣。五摂家のひとつである近衛家の当主。徳川家と親密な関係にある。

二条 治孝《にじょうはるたか》　大納言。五摂家のひとつである二条家の当主。妻は水戸徳川家の嘉姫《よしひめ》。

広橋前基《ひろはしさきもと》　中納言。武家伝奏《ぶけてんそう》の家柄でもある広橋家の当主。

# 第一章　武と雅の裏

## 一

禁裏《きんり》付《づき》東城《とうじょう》典膳《てんぜんの》正《しょう》鷹矢《たかや》は、じっと白紙の上を滑る筆の動きを見ていた。

「…………」

京洛に名を轟《とどろ》かせる絵師伊藤《いとう》若冲《じゃくちゅう》こと、枡屋《ますや》茂右衛門《しげえもん》が禁裏付役屋敷の書院襖絵を描いていた。

「……ふうう」

枡屋茂右衛門が嘆息した。

「よかろう」

顔をあげた枡屋茂右衛門が満足げにうなずいた。

「見事な」

書院の片隅でその姿を見ていた鷹矢が感嘆の声をあげた。

「……見てはりましたんや」

枡屋茂右衛門がようやく鷹矢に気づいた。

「ああ、先ほどから邪魔をしていた」

「それは申しわけおまへん」

ちょっと前に来ていたと言った鷹矢に、枡屋茂右衛門が詫《わ》びた。

「いや、勝手に見に来ただけだ」

謝罪は不要だと鷹矢が手を振った。

「しかし、絵師というのは、あそこまで没入できるものなのだな。吾《わ》が師の瞑想を見る思いであった」

「とんでもないことで。剣術遣いはんと並べられたら、かないまへん」

枡屋茂右衛門が手を振った。

「いや、名人上手と呼ばれる者は、なんにおいても突き抜けているとあらためて知らされた。吾が身の未熟を思い知った」

「勘弁しておくんなはれ。そんなに持ちあげられたら、空飛んでしまいますわ」

顔を赤くして、枡屋茂右衛門が恐縮した。

「いやいや、学ばせてもらった」

「なんも出まへんで」

称賛し続ける鷹矢に枡屋茂右衛門が照れた。

「ちょっと根を詰めすぎどすえ。少し息抜きをなさいませ」

そこへ南條温子《なんじょうあつこ》が盆を手に入ってきた。

「おおっ、ありがたい。ちょうど喉が渇いたところであった」

鷹矢が茶碗を受け取った。

「これは、畏れ多いことで。お姫《ひい》さまからお茶をいただくなんて」

枡屋茂右衛門が茶碗を押しいただくようにした。

温子は、南條蔵人《くろうど》の次女である。一山いくらといわれるほど多い端公家の一つだが、娘たる温子は姫と呼ばれるにふさわしい身分であった。

その温子が禁裏屋敷で、女中のようなまねをしているのは、禁裏付という公家の目付役を籠絡《ろうらく》するためであった。貧しい実家を役得の多い役目へと移してもらう代わりに、温子は鷹矢の身のまわりの世話をしていた。

「……ほっとするな」

少しぬるめに淹《い》れられた茶を鷹矢は喫した。

「ほんに、よろしゅうおますな」

枡屋茂右衛門も同意した。

「こういう気遣いが男にはできまへんねん」

茶を出すとしても気の利《き》かない男は、熱いまま出す。

「下手したら、茶碗さえ持てまへん」

小さく枡屋茂右衛門が首を横に振った。

「そうなのか」

五百石取りの旗本として、家臣に囲まれてきた鷹矢は首をかしげた。

旗本も大名も、当主と跡継ぎがなにより大事であった。かなり緩和されたとはいえ、徳川家が決めた跡継ぎなしは絶家という法度は生きている。なにかあって家が潰れれば、家臣たちはいきなり路頭に迷うことになる。そうならないためには、当主や跡継ぎに何事もないよう守るしかない。

食事の毒味はもちろん、茶や白湯《さゆ》も火傷しないように、冷ましてからでないと供されなかった。

「そうですわ。気の付く者は、言わんでもしますけどな。あかんのは、何度言うてきかしても同じ失敗を繰り返します」

　大きく枡屋茂右衛門がため息を吐《つ》いた。

「それが奉公人やったら、厳しくしつけるか、他の仕事をさせればええんですけど……」

「店主や役人だったら面倒になると」

「ですわ」

　鷹矢の言葉に、枡屋茂右衛門が首肯《しゅこう》した。

「それが五条市場……」

「と錦市場の一部にいてるということで」

　枡屋茂右衛門が頰《ほお》をゆがめた。

「ご休息でございましたか。ちょうどよろしゅうございました」

　鬱々とした雰囲気になりかけたところに、温子より大柄な女が書院へ入ってきた。

「布施《ふせ》どのか」

「おやつをお持ちいたしました」

　温子同様手にした盆の上に、布施弓江《ゆみえ》は小皿を二つ載せていた。

　布施弓江は、鷹矢の許嫁《いいなずけ》という触れ込みで江戸から京へやってきた。弓江の父布施孫左衛門《まござえもん》は若年寄安藤対馬守信成《あんどうつしまのかみのぶなり》の家臣であり、腹心の安藤対馬守と鷹矢を一つに組まそうとした老中首座松平越中守定信《まつだいらえっちゅうのかみさだのぶ》の策であった。

「焼き餅でございまする」

弓江が小皿を鷹矢と枡屋茂右衛門の前に並べた。

「お餅でっか、これはありがたい」

枡屋茂右衛門が手を打った。

武家は餅を好んだ。腹持ちもいいし、保存もきく。醬油《しょうゆ》や味噌《みそ》を塗って焼けば、十分な食事にもなる。乾《ほ》し飯《いい》ほどではないが、陣中食としても使える。

「味噌が、うまいな」

鷹矢も喜んだ。

「……………」

温子が鋭い目で弓江を見た。

「男の人は、お腹にたまるものがないと……」

弓江が茶だけしか出さなかった温子に小さく笑った。

「夕餉《ゆうげ》に差し障るようなものを……今しか考えてへんなあ」

温子が弓江を心利かぬと蔑《さげす》んだ。

「……馳走《ちそう》であった」

「おいしゅうございました」

悪くなる雰囲気に鷹矢と枡屋茂右衛門の二人が、急いで餅をたいらげた。

「どれ、もう少し描かせてもらいましょか」

二人の女と目を合わさないようにと枡屋茂右衛門が筆を手にした。

「ならば、吾《われ》は稽古をしよう」

そそくさと鷹矢は太刀を手に、書院から役屋敷の中庭へと移動した。温子と弓江が付き従った。

「……お預かりを」

太刀を抜いた鷹矢から、弓江が鞘《さや》を受け取った。

「すまぬ」

礼を述べた鷹矢が、足袋《たび》裸足になった。

「……おうりゃあ」

鷹矢が青眼《せいがん》の太刀を上へ跳ね、切り返すように振り落とした。続いて、足を送りながら前へ出て、下段に変わった太刀を斜め上へと走らせる。

何千、何万と繰り返してきた型は、身体に染みこんでいる。やがて鷹矢は稽古に夢中となった。

「ぬん」

八相《はっそう》の構えになり、今度は袈裟《けさ》懸《が》けを繰り出す。

これを何度も鷹矢は繰り返した。

「……すごい」

「なんとも……」

温子と弓江がその勢いに気圧《けお》された。

「……ふむう」

いつの間にか絵を描き終えて書院の濡《ぬ》れ縁《えん》へ出てきていた枡屋茂右衛門も、鷹矢の動きに目を奪われていた。

「しゃああ」

最後に真っ向からの一刀を決め、鷹矢は残心《ざんしん》の構えに入った。

「心が入ってはりましたな」

枡屋茂右衛門が感心した。

「稽古ではなく、本気」

「……そう見えたならよしだが」

荒い息を整えながら、鷹矢が枡屋茂右衛門に訊《き》いた。

「技については、なんもわかりまへん。うまいのか、拙《まず》いのか。剣術なんぞやったことおまへんので。しかし、気持ちが入っているかどうかは、わかりまする」

枡屋茂右衛門が鷹矢を見つめた。

「肚《はら》くくらはりましたな」

「わかるか」

言う枡屋茂右衛門に、鷹矢は確かめるように問うた。

「わたしは代々の商人で絵描きですよってな、お侍さまのことはわかりまへん。しやけど、命を懸ける覚悟くらいは見抜けるつもりでおります」

枡屋茂右衛門が真剣な表情で続けた。

「わたしらの筆もそうですが、剣も同じですやろ。おこがましいことでございますが、どちらも人が遣う道具。道具は遣う人によって、まったく違った動きをします。典膳正はんの切っ先に迷いはおまへんでした」

「さすがだな。一流と言われる絵師というのは、怖ろしいな」

鷹矢が弓江へ手を伸ばし、鞘を取った。

「あっ……」

呆然《ぼうぜん》としていた弓江が、鞘を取られたことで小さく声をあげた。

「殺されかかったからな。今までの吾では、いつか命を落とす。お役目のために、将軍家のために命を捨てるは、旗本として当然。ご命とあれば、たとえ燃えさかる火のなかにでも飛びこむに躊躇《ちゅうちょ》はせぬ」

太刀を鞘へ納め、鷹矢はそれを弓江へ突き出した。

「は、はい」

慌てて弓江が、太刀を胸に抱えた。

「夕餉を食べていくだろう、茂右衛門」

「遠慮なく、馳走になります」

鷹矢の誘いに、枡屋茂右衛門がうなずいた。

二

京での出来事は、京都所司代が使用する御用飛脚で江戸へと報《しら》される。

「禁裏付が襲われたことを隠すわけにはいくまい」

信頼していた用人佐々木伝蔵《ささきでんぞう》を切り捨てた戸田因幡守忠寛《とだいなばのかみただとお》が、苦い顔をした。

「東町奉行の池田筑後守《いけだちくごのかみ》が、松平越中守へ報告するであろう。そのときこちらがなにも知らぬ顔をするのはまずい。隠したと取られるか、気づかぬほど無能とされるか。どちらにせよ、儂《わし》を追いやる理由になる」

戸田因幡守が嘆息した。

京都東町奉行池田筑後守長恵《ながよし》は、松平越中守定信の腹心の一人で、京都所司代戸田因幡守の行動を見張るために配置されていた。

「やむを得ぬ」

鷹矢の襲撃一件を簡潔に記した戸田因幡守は、御用飛脚を江戸へと出した。

御用飛脚は七日で江戸へ書状を運ぶ。箱根の関所、新居関の門が閉じていても、開けさせるだけの権威を御用飛脚は持つ。道中で行き交った大名行列も、道を譲らなければならない。

「どういった反応があるか……二十日ほどでなにかしらの指示が出るか」

戸田因幡守が眉間にしわを寄せた。

十代将軍家治《いえはる》の寵愛を一身に受けた大老格田沼主殿頭意次《たぬまとのものかみおきつぐ》の引きで、戸田因幡守は京都所司代になった。十代将軍家治の死がなく、田沼主殿頭の世が続いていれば、いまごろ老中の一人として、江戸に帰っていたはずであった。

それが家治の死を機に、八代将軍吉宗《よしむね》の孫に当たる松平越中守定信らが動き、田沼主殿頭意次を表舞台から引きずり降ろした。

寵臣は主君の死とともに、その力を失う。

これは一つの決まりである。ただ、その末路にはいくつかの形があった。

一つは、主君の死に殉ずることだ。こうすれば寵臣としての責務は果たしたことになり、敵対者も遺族へ手出しはできなくなる。もっとも今は殉死を禁じられている。やればかえって罪になるが、それをあげつらうようなまねは次代の将軍といえどもできなかった。主君に身を捧げた寵臣の心がわからぬ情なしだと評判を落とすからであった。

次の一つは、殉じはしないが、いさぎよくすべての権を手放し、退隠することだ。五代将軍綱吉《つなよし》の寵臣、柳沢美濃守吉保《やなぎさわみののかみよしやす》がその例と言える。

そして最後の一つが、寵臣として権を振るっていたときに、手痛い目に遭わせた相手からの反撃を受け、没落することだ。田沼主殿頭意次はこれにあたった。

田沼主殿頭によって十一代将軍候補から外された田安賢丸《たやすまさまる》、のち白河松平へ養子にやられた松平越中守定信の恨みが爆発した。

ここぞとばかりに松平越中守定信は、十一代将軍家斉《いえなり》の名前で、田沼主殿頭意次を政治の場から追い出すだけでなく、家治から与えられた領地や城を奪い、一万石の小名にまで落とした。さらに田沼主殿頭の引きで老中になっていた水野出羽守忠友《みずのでわのかみただとも》らを罷免《ひめん》、松平越中守は、その影響力を幕閣から一掃した。

その余波を唯一逃れたのが、江戸から遠い京にいた戸田因幡守であった。

江戸から田沼主殿頭の影を払拭《ふっしょく》するのに手一杯であった松平越中守が、京へ目を向けた。その第一陣が、京都東町奉行池田筑後守であり、第二陣が禁裏付東城典膳正鷹矢であった。

「ここまで来ておきながら……」

かつて板倉伊賀守重宗《いたくらいがのかみしげむね》たちがやっていたころと京都所司代の意味合いは変わっていた。当初は謀叛《むほん》を起こすかも知れない西国の外様大名たちを牽制し、徳川幕府を罪に問える朝廷を恫喝《どうかつ》する重要な役目であった京都所司代も、今では飾りになっていた。

なにせ、徳川に牙剝《きば む》くだけの力や気概を持った外様大名はおらず、朝廷も幕府から与えられる禄《ろく》でかろうじて生きているという状況なのだ。京都所司代が持っていた権能の多くは、実務を担当する京都町奉行や西国代官へと委譲され、今や老中の空き待ちと言ってもおかしくない。

「あと一歩なのだ」

将来は老中になり、幕政に力を振るいたいと思っていた戸田因幡守である。なんとかして、今回の政変を生き延びたいと考えていた。

だからといって、露骨に松平越中守へ媚《こ》びを売るわけにもいかなかった。大名としての矜持《きょうじ》もあるが、なにより今更であった。田沼主殿頭を裏切るならば、その失脚前でなければ価値はなかった。

勝負が決まってから、降伏したところで、誰も功績だとは思わない。

「実力を見せて、余が幕閣に要《い》るとわからせるしかない」

戸田因幡守の考えが変わりつつあった。

当初、己の未来を閉ざした松平越中守への反発しかなかったが、そこへ大きな手柄になるかも知れないものが転がり込んできた。

十一代将軍家斉の父、一橋《ひとつばし》民部卿《みんぶきょう》治済《はるさだ》の大御所称号問題であった。

「躬《み》が父をおいて、将軍になったのはやむを得ないことである。が、子供としてそれではしのびない。せめて父に大御所の称号を捧げたい」

家斉の願い、いや、命であった。

大御所は、将軍の座にあった者がそれを譲って引退したときに使う称号であった。徳川においては、初代家康《いえやす》、二代秀忠《ひでただ》、八代吉宗《よしむね》の三人が大御所となった。

だが、一橋治済には、その前提条件が欠如していた。

一橋治済は、八代将軍吉宗の孫で、御三卿一橋家の当主ではあったが、将軍宣下を受けてはいない。

そう、一橋治済には、大御所たる資格がなかった。それをわかっていて、家斉は大御所称号を父に名乗らせようとした。

「前例がございませぬ」

将軍の指示とはいえ、なんでもとおるわけではない。前例と照らし合わせ、その成否を確認するのも執政の仕事である。

「前例とは作るものである」

松平越中守の拒否に、家斉が反論した。

たしかにそうであった。どのような慣例、前例といえども、初めてはある。その初めてが認められ、繰り返すことで、前例は慣例となり、無条件に認められる。それを押し通す力が将軍にはあった。

「神君家康さまのお名前に傷が付きまする」

だが、将軍の言葉を拒むことのできるものもあった。それが天下を統一し、徳川幕府を創設、死後神となった徳川家康の名前であった。

「大御所の称号は、神君家康公が初代将軍を秀忠さまにお譲りになられてから、お遣いになられたもの。もし、一橋治済卿に大御所称号をお許しになれば、家康公がお遣いになった大御所称号の価値を低めることになりまする」

「……むっ」

松平越中守の名分に、家斉は詰まるしかなかった。

「しかし、躬は父に報いたいのだ。なんとかいたせ、越中」

明確に否定されても、家斉は引かなかった。まだ若い将軍の家斉は、己の命が拒まれることが我慢できなかった。

「………」

ここで強く拒むわけにはいかない理由が、松平越中守にはあった。

松平越中守は十一代将軍の座が欲しいと、田安家にいたころ明言した過去があったのだ。

「躬の座を脅かすもの」

家斉がこう考えているのは、当然であった。

徳川には、他姓を継いだ者は、本家の世継ぎになれないという前例があった。徳川家康の次男結城《ゆうき》秀康《ひでやす》が、兄信康の死後、世継ぎになれなかったのが、結城家へ養子に出たからだとされているからである。

しかし、その前例は破られていた。

六代将軍家宣《いえのぶ》は生まれた当初、生母の身分が低いとの理由で父甲府《こうふ》宰相《さいしょう》綱重《つなしげ》の長男として認められず、家臣の新見《しんみ》家へと養子に出され、新見左近《さこん》と名乗っていた。その後、綱重に男子がいなかったため、甲府徳川家の跡継ぎとなり、後、六代将軍になった。

そう、家康が次男秀康ではなく、三男秀忠に徳川の家を継がせた理由が、崩されたのである。突き詰めれば、白河松平の当主となった松平越中守定信が、家斉を追い落として、十二代将軍となる障害はない。

「隠居をいたせ」

家斉が松平越中守を危険と判断して、遠ざけようとしても不思議ではなかった。いかにまだ若いとはいえ、将軍に選ばれたのだ。それくらいのことはわかっている。

かといって、いきなり松平越中守を隠居させるわけにはいかなかった。なんの落度もない執政を罷免するほどの力をまだ家斉は持っていない。十一代の座に就《つ》いたとはいえ、傍系から入った年若い将軍では、幕府を抑えきれない。実質、幕政を担っている老中首座松平越中守を排除しようとしたら、大きな反発を受けることになる。

「では、わたくしもお役を退《ひ》かせていただきましょう」

松平越中守に与《くみ》している老中、若年寄が同調すれば、いきなり幕政は滞《とどこお》る。政《まつりごと》の経験もない将軍に、天下を波風なく維持することなどできるはずはないのだ。たちまち、怨嗟《えんさ》の声は募り、家斉への反発は天下に広まる。

「将軍の器《うつわ》に非《あら》ず」

一橋以外の御三卿、尾張などの御三家、越前松平ら一門衆が一斉に家斉を非難すれば、諸大名も同調する。若い将軍の気分だけで、取りつぶされたり、転封《てんぽう》されてはたまらない。

そうなれば家斉も抵抗できなくなる。

「躬は大御所になる」

家斉が将軍を次に渡して、己が大御所と名乗ることになりかねない。

一橋治済への大御所称号問題は、それを避けるための手段でもあった。

「将軍の願い、親孝行から出た望みをかなえられないようで、天下の執政たるはえまい」

大御所称号をどうにかできなければ、松平越中守を能力不足として糾弾できる。

「なんとかせねばならぬ」

松平越中守としても、政敵ともいえる家斉へ攻撃の口実を与えるわけにはいかない。

「大御所称号を一橋卿が名乗られてもやむを得ない状況にするしかない」

松平越中守は、天下の諸大名、役人を黙らせる手段を考え、ついに至った。

「勅令をお出しいただく」

天皇の命令だとしてしまえば、誰も反対できない。

天下を治める力を武家に奪われ、名実だけのものになっているとはいえ、朝廷は幕府の上にある。

将軍も天皇の任命により就任するものであり、幕府が天下の政をおこなえるのも、朝廷から大政委任を受けているからである。

形だけとはいえ、将軍も天皇の家臣にすぎない。主君から、言われれば、従うしかないのだ。

「金でいうことをきかせたのだろう」

「脅しあげて、勅令を出させたに違いない」

天下万民もその裏に気づく。だが、これを否定することは、天皇の権威を認めないと同義になり、場合によっては朝敵の誹《そし》りを受ける。

勅令には、それだけの力がある。それを松平越中守は使おうとした。

「ならぬ」

ところが、幕府、いや松平越中守からの要請を、朝廷ははねつけた。

「朕《ちん》の父へ太上《だじょう》天皇号を拒んでおきながら、なにを申すか」

第百十九代天皇の光格《こうかく》天皇が激怒した。

光格天皇も家斉とよく似た事情で、高御座《たかみくら》へとあがっていたため、実父である閑《かん》院宮典仁親王《いんのみやすけひとしんのう》へ、太上天皇号を与えようとしていた。

太上天皇も大御所と同じく、天皇の位にあった者が、譲位したときに使われるもので、親王家の当主には許されていない。

それを光格天皇は、幕府からの奏上という形でなそうとしていた。

もちろん、天皇家は名誉にかんして、幕府よりも上の立場にある。勝手に閑院宮典仁親王に太上天皇号を贈っても問題はない。ただ、太上天皇となれば、前天皇に準じた扱いをしなければならず、加増の他に屋敷も移るか、新築しなければならなくなる。

その費用が朝廷にはない。

光格天皇がその金を幕府に出させようと考えていると知った松平越中守が、前例なしを盾に拒んだ。

その直後の大御所称号勅許願いである。光格天皇が怒ったのも当然であった。

「名ばかりの朝廷が、幕府の望みを蹴るとは」

松平越中守は憤慨した。

皇室領を始め、すべての公家たちの家禄、朝廷の行事すべては、幕府が賄《まかな》っている。

いわば、幕府は朝廷の死活を握っている。金を出している者の願いを聞かないなど、世間ではあり得ない。

されど、光格天皇を引きずり降ろすわけにはいかないのだ。

天皇の交代は、金がかかる。即位の大典《たいてん》、新嘗祭《にいなめさい》などの行事をしなければならないだけでなく、上皇にまつりあげた光格天皇の住まいたる仙洞御所《せんとうごしょ》の建築など莫大な金がかかる。

しかも幕府の都合で、天皇を交代させたとなれば、その費用を出さなければならない。それであれば、閑院宮典仁親王に太上天皇号を認めたほうが、安上がりになる。

「天皇を代えられぬならば……」

松平越中守は、別の策を執《と》った。

「朝廷の公家たちの弱みを握り、朝議《ちょうぎ》を支配する」

勅令は天皇が出す。これは決まりではあるが、形でしかない。過去、勅令を騙《かた》った有力な公家たちの偽勅《ぎちょく》が何度も出されている。

そして、禁裏の奥深くに鎮座しているに近い天皇は、外でなにがあるかを知らない。知る手段がないのだ。

勅が偽物だと断じられる唯一の人物が、世間から切り離されている。

光格天皇の周囲にいる公家たちが、偽勅のことを黙っていれば、偽勅が勅令に変化する。

「探って参れ」

鷹矢はこのために、松平越中守によって家格以上の役目である禁裏付にされた。

「禁裏付のために動くのは腹立たしい」

その事情を戸田因幡守は知っていた。手伝ったところで、手柄は鷹矢のものになる。

「ならば逆手に取るにしかず」

当初は鷹矢の邪魔をしていた戸田因幡守だったが、汚れ仕事を任せていた腹心の用人佐々木伝蔵の失敗で窮地に陥りかけていた。

「その者は、当家にかかわりなし」

東町奉行池田筑後守に捕らえられた佐々木伝蔵を戸田因幡守は見捨てた。

これはどこの家中でもやっていることであった。家中の侍が、領地以外でもめ事を起こしたとき、家名に傷が付くことになる。それを防ぐには、相応の金を積んで隠してしまうか、問題を起こした家臣を遡《さかのぼ》って放逐《ほうちく》したことにするかしかない。

佐々木伝蔵を捕まえたのが、松平越中守とかかわりのない京都西町奉行ならば、京都所司代の権威と金でどうにかできた。が、京都東町奉行池田筑後守は松平越中守から、戸田因幡守の見張りとして出された者なのだ。とても金や権力でどうにかできるものではない。

やむを得ず、裏を任せていた家臣を人身御供にしたことで、戸田因幡守の策略は機能不全に陥っていた。

それを承知した戸田因幡守は、大きく方針を転換しようとした。

松平越中守との対立を止《や》め、その膝下に入りこもうと考えたのだ。もちろん、手ぶらで頭を下げるだけでは、受け入れられるはずもない。

そこで戸田因幡守は、大御所称号を手柄に、江戸への凱旋《がいせん》を考えた。

「禁裏付よりも早く、公家たちを籠絡せねばならぬ」

鷹矢が公家たちの弱みを握ってからでは、戸田因幡守の手柄にはならない。

「禁裏付と同じことをしていては、勝てぬ」

禁裏付が公家を脅せるのは、朝廷における犯罪を処罰する権限を持っているからである。実際は不可能に近いが、建前上は五摂家《ごせっけ》であろうとも、禁裏付は捕まえて尋問できる。京都所司代にも公家を咎《とが》める権利はあるが、実務は禁裏付へと委譲されているだけに、使いにくい。

「禁裏付と同じことをしていては、勝てぬ」

すでに出遅れている。

「関白じゃ、左大臣じゃなどと偉ぶったところで、公家も人。金には弱い」

戸田因幡守が独りごちた。

「まずは、金を集めるとしよう」

思索を終えた戸田因幡守が、佐々木伝蔵の代わりに指名した用人を呼ぶために手を叩いた。

三

十一代将軍となった家斉は、今年で十六歳になった。

「藤助《とうすけ》、近《ちこ》うよれ」

「はっ」

呼ばれた小姓林《はやし》藤助忠英《ただふさ》が、家斉の前へと膝行《しっこう》した。

「どうなっておる」

家斉が問うた。

「未《いま》だ、さしたる進展はないように見えまする」

林忠英が答えた。

「白河は努力しておらぬのか」

「一手を打たれただけかと」

険《けわ》しい顔になった家斉に、林忠英が告げた。

「禁裏付を交代させただけで、白河めは朝廷へ交渉をしてはおらぬのだな」

「はい」

確認した家斉に、林忠英が首肯した。

「……定之助《さだのすけ》、他人《ひと》払いをいたせ」

家斉が、お休息の間片隅で控えている小納戸へ命じた。

「はっ。御一同、上様のご諚《じょう》でございまする」

定之助と呼ばれた小納戸が、お休息の間にいた小姓、側役、小納戸を促した。

「…………」

将軍の命である。従わないという選択肢はないが、残された林忠英と定之助に不満の目を向ける者はいた。

「……ふん」

家斉はしっかりとその様子を見ていた。

「そなたもこちらにこい、定之助」

「ただちに」

全員が出ていくのを確かめて、定之助が上段の間へと急いだ。

「こちらへ、中野《なかの》どの」

林忠英が左隣を勧めた。

「御免をくださいませ」

中野定之助がしたがった。

「………………」

家斉が林忠英と中野定之助を見た。

「そなたたちだけよな、躬の頼りとするは」

「畏《おそ》れ多いことでございまする」

「過分なお言葉、一層励みまする」

信頼していると言われた二人が感激して、手を突いた。

「執政どもは、躬が若いと侮《あなど》り、なにもさせぬ」

　家斉が不満を露《あら》わにした。

「とくに白河、松平越中守が腹立たしい。躬の命は前例を盾に拒むばかり。分をわかっておらぬ」

「まさに、いささか越中守さまには問題がございまする」

　林忠英が同意した。

「八代将軍吉宗さまの孫がどうした。今では白河松平の藩主でしかない。老中首座だと偉ぶったところで、家臣でしかない」

「お怒りもごもっともでございまする」

　中野定之助も迎合した。

「大御所称号のこともそうだ。躬が父に大御所称号を贈りたいと申せば、畏まりましたと受け、ただちに手配するのが執政の任じゃ。将軍の意志に異を唱えるのが、執政の仕事ではないわ」

　家斉は怒りを露わにした。

「なにが、朝廷の意向を聞かねばならぬだ。神君家康公以来、今までの幕府が、一度でも朝廷の意見を求めたか。いつも朝廷が幕府の顔色を窺《うかが》ってきた。そうであろう」

「はい」

「仰せの通りでございまする」

文句を並べる家斉に林忠英と中野定之助がうなずいた。

「ならば、朝廷へ申し付ければよいのだ。躬の父一橋民部に大御所称号を下賜《かし》せよと」

父とはいえ、今は家臣である。家斉は父を呼び捨てた。

「それをせずに、朝廷の機嫌を取るなど……」

家斉の憤懣《ふんまん》は強かった。

「藤助、なにか良い手はないか」

「良い手でございますか……」

言われた林忠英が思案した。

「……京都所司代をお使いになられてはいかがでございましょう」

林忠英が提案した。

「京都所司代を……誰であったかの」

幕政の人事を家斉はまだ好きにできていない。老中と側近以外は、誰がなにをしているかまったく把握していなかった。

「戸田因幡守さまでございまする」

首をかしげた家斉に中野定之助が答えた。

「……誰じゃ」

家斉が思いあたらないと首を横に振った。

「田沼主殿頭の引きで……」

「ほう、主殿頭の一党でまだ生き残りがいたか」

林忠英の説明に、家斉が驚いた。

「京まで手が回らなかったというのが正しいかと」

「なるほどの」

付け加えた林忠英に、家斉が納得した。

「ふむ。因幡なら、躬に従うな」

「まちがいなく、上様のお心に添いましょう」

家斉の言葉に、中野定之助が追従《ついしょう》した。

「よし、戸田因幡守へ命じよ。一橋民部へ大御所称号を与えるとの勅許を取れと」

「はい。ところで上様、因幡守さまへの褒美はいかがいたしましょう」

林忠英が訊いた。

「躬の命を果たすのは当然であろう。褒美を欲しがるなど論外である」

家斉が拒んだ。

「上様、それでは人は動きませぬ。とくに戸田因幡守さまは、いつ松平越中守さまより粛清を受けるかと戦々恐々でございましょう。ここで上様がお手を伸ばされなければ、戸田因幡守さまも松平越中守さまの前に頭《こうべ》を垂れるやも知れませぬ」

「むっ。今以上に越中守の力が増すと言うか」

林忠英に言われた家斉が頰をゆがめた。

「越中守さまは、老中首座にふさわしいお方ではございますが、これ以上力をお持ちになるのは、いかがかと。主殿頭の二の舞になりかねませぬ」

田沼主殿頭意次は罪人である。林忠英が敬称を付けないのは当然であった。

「ふむ。越中を抑えるためか。では、藤助、なにを褒賞とすればよい」

「江戸へお戻しになり、執政にお加えなさいませ」

林忠英が戸田因幡守の抜擢《ばってき》を口にした。

「使えるのか、因幡は。泥船だった主殿頭にすがっていたていどであろう」

家斉が疑問を呈した。

「使えては困りましょう。いずれ、上様がご親政をなさるとき、越中守さまのような執政ばかりでは、なにかと……」

「たしかにそうじゃ」

最後まで言わなかった林忠英に、家斉がうなずいた。

「任せた、藤助」

家斉が述べた。

禁裏付の仕事は、朝廷の治安維持、勘定の吟味など多岐にわたる。しかし、現実はなれ合いが浸透し、ほとんどなにもしなかった。

「馳走であった」

天皇からの恩恵と称する豪勢な昼餉を摂り、内証《ないしょう》と呼ばれるその日のお金の出入りを確認したら、それで仕事は終わる。

「下りまする」

役屋敷へ帰ると宣し、鷹矢は御所を出た。

「お待ちいたしておりました」

御所の外で、家臣の檜川《ひかわ》が駕籠《かご》行列を率いて待っていた。

「ご苦労である」

檜川をねぎらって、鷹矢は駕籠へ乗った。

御所から百万遍《ひゃくまんべん》の役屋敷まで、歩いても知れている。しかし、禁裏付はその権威を京に示すため、わざわざ行列を仕立てて、槍を立てて通った。

鷹矢も長年の慣例と言われれば、それに反するわけにもいかず、駕籠での行き来を我慢しておこなっていた。

「お帰り」

百万遍の役屋敷に近づいたところで、檜川が大声を上げた。

「へえい」

門番小者が応じて大門を開いた。

「お帰りなさいませ」

「お疲れでございましょう」

玄関式台で弓江と温子が指を突いて出迎えた。

「今、戻った」

鷹矢は手にしていた太刀を弓江に渡した。

「留守中何かあったか」

続けて温子に問うた。

「とりたててなにもございまへん」

温子が首を横に振った。

「そうか」

鷹矢は居室としている書院へと入った。

「お着替えを」

すばやく弓江が太刀を床の間に置き、鷹矢の後ろへ回った。

「では、わたくしはお茶を」

温子が台所へと一時下がった。

「御免をくださいませ」

弓江が肩衣を脱がせ、前に回って長袴の紐を解いた。

「……お袴《はかま》はいかがいたしましょう」

小袖姿になった鷹矢に、弓江が問うた。

「頼もう」

袴をはくと鷹矢は告げた。

浪人は別として、武家は自宅でも袴を身につけた。小袖だけでは、万一戦いになったとき、裾捌《すそさば》きが邪魔をして不覚をとっては困るという心得であった。

「はい」

弓江がすなおにうなずいて、乱れ箱へ袴を取りにいった。

「お茶でございまする」

温子が薄茶を点《た》てて来た。

「しばし、待たれよ。着替え終わればいただくゆえ」

鷹矢は温子に言った。

「ご苦労でござった」

着替えを手伝った弓江を労《ねぎら》い、鷹矢は茶碗を手にした。

「……よき加減でござる」

鷹矢は温子の気配りを褒めた。

「はい」

温子がうれしそうに笑った。

「ところで、南條どの」

「温子でよろしいのに」

名字で呼んだ鷹矢に、温子が不満げな顔をした。

「南條どのは、どなたかお公家衆で親しいお方をお持ちではないか」

「………」

問われた温子が黙った。

「いかがいたした」

鷹矢が温子の様子に怪訝《けげん》な顔をした。

「……いいえ、なんでもおまへん」

温子が首を左右に振った。

「公家の誰かを紹介せよと言わはりますの」

「ああ、いろいろと話を聞かせてもらいたいのだ」

たしかめるような温子に、鷹矢が首肯した。

「禁裏付のお力で、問い合わせられてはいけませぬのか」

長袴などをたたみ終えた弓江が尋ねた。

「それでもよいのだがな、禁裏付というだけで、皆……の」

明確には言わなかったが、まともな答えは返ってこないと鷹矢は嘆息した。

「御上のお役目に対し、誠心誠意応えないとは」

弓江があきれた。

「そんなん当然ですえ。禁裏付はんにうかつなことを言うて、罪科《つみとが》に問われてはかないまへんし」

温子がかばった。

「そのようなつもりはないのだがな」

鷹矢が苦笑した。

「公家はんをご紹介するのは、よろしいけど、どんなことを訊くおつもりです」

意図を聞かせて欲しいと温子が言った。

「いろいろなことを訊きたいと思っておる。禁裏付は公家を監察するが、どのような生活を送っているのかわからなければ、なにを咎《とが》めてよいのかさえわからぬでな」

鷹矢は語った。

「いろいろなことでございますか……」

温子がしばし悩んだ。

「お返事はもう少しお待ちいただけますやろうか。よさそうな御仁を探しますよって」

「かまわぬ。が、いつまでも待つというわけにはいかぬが」

松平越中守の要求は、急いで公家衆の弱みを握れというものである。のんびりとしていては、鷹矢が叱られる。

「出させていただいてもよろしいやろか。夕餉までには戻りますので」

外出の許可を温子が求めた。

「ああ。自在にしてくれていい」

「夕餉ならば、わたくしが差配いたしますゆえ、ごゆっくり」

了承した鷹矢に続けて、弓江が帰ってこなくてもいいと言った。

「いいえ。夕餉はわたくしの仕事ですよって」

強い語調で、温子が弓江へ釘を刺した。


百万遍というところは、京の中心から少し東に外れるが、御所に近いこともあり、五摂家、青華《せいが》家《け》、名家《めいけ》など名門公家の屋敷にも近い。

禁裏付役屋敷を出た温子は、二条大納言治孝《にじょうだいなごんはるたか》の屋敷を訪れていた。

「雅楽頭《うたのかみ》さま」

二条家の家宰《かさい》である松波雅楽頭に、温子は鷹矢の要求を報告していた。

「ほおお、公家から話を聞きたいというとるんやな」

松波雅楽頭が腕を組んだ。

「いろいろなことを問いたいと申しておりましたが……どなたをご紹介申しあげまし

ょうや。吾が父でよろしければ……」

温子が松波雅楽頭に尋ねた。

南條家を弾正台《だんじょうだい》の役人から、余得の多い蔵人《くろうど》へと転任させることを条件に、温子を禁裏付のもとへ忍ばせたのが、松波雅楽頭であった。

「そうやな……」

松波雅楽頭が腕を組んで考えこんだ。

「いきなり御所はんというわけにはいかんな」

公家は仕える主のことを御所と呼んだ。

「…………」

返答を求めているわけではないとわかっている。温子は無言で待った。

「かというて、七位なんぞとなれば、公家ともいえんしの」

松波雅楽頭が続けた。

「五位あたりがええとこなんやろうけど、そいつがどんな話を禁裏付にしよるか、わからんしの」

「はい」

今度は温子も同意した。

「ふむ、禁裏付は公家に詳しくはないんやな」

松波雅楽頭が確認した。

「まったく、なんもわかってないかと」

温子が答えた。

「ほなら、麿《まろ》が出よ」

「えっ……」

己が鷹矢の相手をしようと言った松波雅楽頭に、温子は驚愕《きょうがく》した。

「なに、驚いている。麿かて従五位下雅楽頭という官位持ちやぞ」

松波雅楽頭が、心外だという表情をした。

「よろしいので」

温子はもう一度確認してしまった。

松波雅楽頭は、二条家の家宰である。家宰とは大名や旗本でいうところの用人に当たる。官位はそのあたりの大名と比肩するが、その仕事は朝廷ではなく、二条家の内政になる。武家でいえば、陪臣《ばいしん》でしかないのだ。

「禁裏付には、わからへん。そのへんはうまいことやる。それともなにか。麿が信用でけへんとでも」

松波雅楽頭の声に苛立《いらだ》ちが混じり始めた。

「とんでもないことでございまする」

顔色を変えて温子は詫びた。

二条大納言の懐刀《ふところがたな》、松波雅楽頭を怒らせれば、温子の実家など大風を前にした麻《お》がらでしかない。あっさりと吹き飛ばされて、ようやく得た蔵人の地位を失ってしまう。

「日時はそうやな、明日にしょうか。明日の夕刻、麿が百万遍まで行くわ」

「お見えになると」

「ここへ禁裏付を呼べるわけないやろう」

松波雅楽頭の正体がばれるかも知れないだけに、二条家へ招くわけにはいかなかった。

「麿の屋敷まで来さしてもええけどな、居場所を知られるのも、後々面倒になりそうな気がするしの」

松波雅楽頭が述べた。

「わかりましてございまする。では、そのように」

「あんじょう、手配しいや」

一礼する温子に、松波雅楽頭が念を押した。

四

禁裏付の仕事は月替わりで、武者《むしゃ》溜《だまり》あるいは日記部屋に詰める。二人しかいないため交代要員がなく、休みは基本としてない。病以外で不意の休養は認められていなかった。

「松波雅楽頭さまが、お話をしてもよいと」

温子から言われたが、任務を休むわけにはいかない。

「夕刻七つ（午後四時ごろ）にお願いすると伝えておいてくれ」

頼んだのはこちらである。鷹矢は下手に出た。

「夕餉の用意も要りますえ」

それに温子が加えた。

「当家で夕餉を供すると」

聞いた弓江が眉をひそめた。

「厚かましい」

「こちらが来てもらうのだ。それくらいはいたしかたあるまい」

怒る弓江を鷹矢がなだめた。

「二汁五菜、三の膳付きでよろしいおすか」

温子が献立の許しを求めた。

「そこまでしなくてもよろしゅうございましょう。一汁三菜で十分でございまする」

ふたたび弓江が注文を付けた。

武家の食事は質素を旨とする。五百石の東城家でも、夕餉は一汁二菜が基本で、三の膳付き二汁五菜など祝いごとのときに出るくらいであった。

「けちくさいこと言いなはんな。典膳正はんの評判にかかわりまっせ」

温子が言い返した。

「東城さまのご評判に……」

弓江の勢いがしぼんだ。

「江戸のお方はご存じおまへんやろうけど、京でもっとも怖いのが、人の口。悪口はあっという間に拡がって、二度と消せまへん。その代わり、ええ評判を金で買えるのも京」

「金ですむならば、あるていどはいたしかたあるまい。足高《たしだか》で五百俵いただいておるのだ。その分から出せばいい」

八代将軍吉宗が定めた足高は、その役目にある間だけのものだが、利点もあった。本禄への加増は、家格の上昇などに繋《つな》がるため、たしかにありがたいし、名誉でもあるが、同時に面倒も増えた。

家臣の新規召し抱えである。

旗本には、幕府が定めた軍役があった。これは本禄に応じた家臣を抱えることから始まる。五百石ならば、侍身分二人、甲冑持《かっちゅうもち》、立弓持《たちゆみもち》、鑓持《やりもち》、草履取《ぞうりとり》、挟箱持《はさみばこもち》、馬口取《うまくちとり》が各一人ずつ、小荷駄足軽《こにだあしがる》二人の十人が要った。これが加増を受けて千石になると、倍の二十人になる。つまり、十人をあらたに抱えなければならないのだ。

加増分より十人の禄のほうが少ないので実入りは増えるが、家格が上がればそれだけのつきあいも増える。増えた分以上の出費になることも多い。

対して足高は、現物の支給を受けるだけで、本禄が増えたわけではない。そう、軍役にはいっさいかかわってこないのだ。

一人の家臣も抱えず、まるまる手に入るのが足高であった。

とはいえ、足高をくれるにはくれるだけの理由がある。その役目にはそれだけの石高がないと困難だからで、役目に就くことで増える出費を賄うために足高はある。

とくに長崎奉行や大坂城代などの遠国《おんごく》勤務は金がかかる。江戸の屋敷の維持に加えて、任地での生活もある。単純に考えて、生活の費用はほぼ倍になる。禁裏付も遠国御用の一つで、江戸の東城家と百万遍の役屋敷と二つを維持しなければならない。そこに役目柄要る費用もある。

禁裏付の場合は、御所へ参内するために着る格式にあった衣装、行列を仕立てるだけの人数、屋敷を維持するための小者や女中の給金などがかかる。

それらを足高で補うのだ。

そして、表だっては口にできないが、公家たちとのつきあいにかかる費用も、そこに含まれていた。

「お任せいただいて、よろしおすか」

「預ける」

温子の言葉に、鷹矢がうなずいた。

御所へ出務する鷹矢を見送った温子は、その足で錦《にしき》市場へと向かった。

「ごめんやす」

温子は枡屋茂右衛門を訪ねた。

「これは、お姫はんですかいな。なんぞ御用でも」

枡屋の二階で絵筆を使っていた枡屋茂右衛門が、顔を出した。

「お願いがおますねん」

「なんですやろ」

温子に言われた枡屋茂右衛門が首をかしげた。

「錦市場で買いものをしますねんけど、手を貸してくださいな」

「値切れっちゅうこってすか」

「はいな」

意図をさとった枡屋茂右衛門に、温子が微笑《ほほえ》んだ。

「それはよろしいけど……なにを買わはりますんで」

枡屋茂右衛門が問うた。

「今夕、お客さまをお迎えしますねん。その膳を調えるためのものを」

「お客はんですか。どのていどの」

「二汁五菜」

「それはずいぶんと豪儀な」

温子の答えに、枡屋茂右衛門が驚いた。

「それだけ大事なお客人ということでんな。どなたかお伺いしても」

「それは余分であろう」

誰が来るのかと訊いた枡屋茂右衛門に、温子が口調を険しいものに変えた。

「ご無礼をいたしました」

温子は南條蔵人の次女である。いかに高名な絵描きとして、南禅寺や公家衆の屋敷に出入りしているとはいえ、枡屋茂右衛門は町人に過ぎない。枡屋茂右衛門が詫びた。

「行きますよ。よしなに」

温子の雰囲気が柔らかいものに戻った。


禁裏で日記部屋に詰めている鷹矢のもとへ、仕丁《しちょう》の土岐《とき》が現れた。

「典膳正はん」

「土岐か。どうした、数日顔を見せなかったな」

鷹矢が土岐に応じた。

「いろいろと忙しかったんですわ。貧乏暇なしっちゅうやつで」

土岐が頭を掻《か》いた。

「稼ぐに追いつく貧乏なしとも言うぞ」

鷹矢が返した。

「あきまへんなあ。動き回っても金にならんことも多いんでっせ」

さらに土岐が反論した。

「で、戯《ざ》れ言《ごと》を聞かせに来たのか」

することがないとはいえ、遊んでいるわけにはいかない。鷹矢は土岐に用件を問うた。

「ちいと耳にしましてんけどな。今日、お客はんがお出でになるそうで」

「……どこから聞いた」

土岐の話に、鷹矢の表情が変わった。

「錦市場のもんが、言うてましたで。南條の姫さんが、枡屋茂右衛門を連れて錦市場で高いもんばっかり買うてはると」

「市場からか」

説明を受けた鷹矢が納得した。

「しかし、早いな。まだ昼餉にもなっておらぬというに」

鷹矢は別の疑問を抱いた。

「噂《うわさ》というのは、早いほど値打ちがおまんねん。他人《ひと》よりも早く噂を仕入れた者だけが、利を手にしますんや」

土岐が告げた。

「噂を使うのはいいが、真かどうかわからぬではないか。噂のなかにはいい加減なものどころか、偽りも多い」

「そんなもん、気にしたら負けでっせ。さっさと動いたほうがよろし。なにより、嘘でもやりようでは、真にできますしな」

小さく土岐が笑った。

「嘘を真になどできるわけなかろう」

鷹矢は反論した。

「…………」

「どうした」

土岐の雰囲気が変わったことに、鷹矢は戸惑った。

「それをするのが、公家」

「…………」

今度は鷹矢が黙った。

「公家は武家と違いまっせ。武家は力にもの言わせますけどな、公家はそのまんま口でもの言いまんねん。口先だけで天下を動かす。それが公家」

静かに土岐が述べた。

「嘘を真実にどうやってするのだ」

鷹矢が疑問を呈した。

「何度も言っているうちに、嘘も真になりまっせ。それも一人、二人やのうて、何人もが同じことを言うてみなはれ、初めて聞いた者は真実だと思いますやろ。そしたら、そこから話は真実として伝わっていきまっせ」

「むうう」

聞かされた鷹矢は唸《うな》った。

「ちいと噂に気を付けはったほうがよろしいで」

「吾の噂が出ていると言うのだな」

鷹矢が確認した。

「出てへんと思ってはったら、そっちのほうが怖いでっせ」

土岐があきれた。

「どのような噂か教えてもらえるか」

「いろいろおまっせ。禁裏付とは思えん細かさやとか、雅《みやび》さなんぞどこにもない荒《あら》戎《えびす》とか。まあ、このへんは普通ですやろ。毎日内証の隅々まで調べてはるし、先日京洛で刀を振り回しはったしな」

問われた土岐が、鷹矢に語った。

「ふむ」

「そのへんは、わかりますやろ」

「ああ」

うなずいた鷹矢に、土岐が続けた。

「他にもあるのか」

「松平越中守定信さまの犬というのもおますな。朝廷の粗《あら》を探しに来たとも……」

「……それはっ」

鷹矢が絶句した。

「気づかれないわけおまへんやろ。一橋民部卿の大御所称号問題でもめた途端に、五年交代のはずの禁裏付が急に入れ替わった。これで大御所称号とかかわりがないと思えるようなお方は、公家としてやっていけまへん」

「…………」

「端《はな》から、ばれてましたで」

黙った鷹矢に土岐が告げた。

「……それもそうか」

鷹矢が嘆息した。

「おわかりですやろうけど、今上《きんじょう》さまは折れはりませんで」

土岐が光格天皇は、一橋治済の大御所称号を認めないと断言した。

「であろうな」

状況を整理するまでもなく、鷹矢もそれはわかっている。光格天皇の望みを拒んでおいて、こちらの要求は呑《の》めでは話にならない。

「最初の対応がいけませんわ」

「閑院宮典仁親王さまへの太上天皇号のことだな。しかし、前例にないことを認めるわけにはいくまい」

土岐に言われた鷹矢が首を横に振った。

「それを言うたら、一橋民部さまの大御所称号も前例がおまへんな」

「ああ」

鷹矢は認めた。

「時期も合わなんだ。そろって出た話ならば、まだ引き換えという形で、どうにかなったろうが」

「さいでんなあ。互いに一歩ずつ引くのが楽ですしな」

土岐も同意した。

「ところで、おぬしは何者だ」

すっと鷹矢が声を低くした。

「……そうでんなあ、ちょっと長いこと仕丁をやっているだけの老人ということにしといてもらえまへんか」

少しだけ考えた土岐が答えた。

「仕丁は禁裏のどこへでも入りこめる」

「いや、さすがに今上さまのお閨《ねや》は無理でっせ」

じっと見つめる鷹矢に、土岐が手を振って見せた。

「…………」

「勘弁してほしいわ。こんな老人相手に、そんなきつい目されたら、震えあがってまいますで」

土岐が鷹矢の表情に怯《おび》えた振りをした。

「……しゃあおまへんな。では、一つだけ。わいは典膳正はんの敵やおまへん」

「敵ではないと」

「はいな。今のところはと付きますけど」

念を押した鷹矢に、土岐が口の端をゆがめた。

「あんまり阿漕《あこぎ》なまねをしはったら……」

今度は土岐が、すごんだ。

「したくはないが、宮仕えには逆らえぬときがある」

「お互いさんですわな。それは」

鷹矢の言い分に、土岐が首肯した。

「そんときは、精一杯抗いまっさ。刀やおまへんで。口を使《つこ》うて、典膳正はんを押さえこんで見せますわ」

土岐が宣した。

「こちらも全力で叩き潰すとしよう」

鷹矢も応じた。

「そうならへんことを願うてます」

「拙者も同じよ」

二人が顔を見合わせた。

「それまでの間は、仲良うしまひょ」

「だな」

土岐の言葉に鷹矢が首を縦に振った。

「で、誰がお客で来まんねん」

話を最初に戻した土岐が尋ねた。

「たしか……松波雅楽頭どのと」

「松波雅楽頭はんですかいな」

土岐が嘆息した。

「知っているのか」

「直接話をしたことはおまへん。松波雅楽頭はんは、滅多に禁裏へお見えやおへんので」

「滅多に来ない……」

鷹矢が不思議な顔をした。

「ご存じおまへんな、その様子やと」

土岐が目つきを鋭くした。

「知っていなければならぬ相手か。禁裏で出会ったなかに雅楽頭という御仁はいなかったと思ったが……」

　思い出そうと鷹矢が腕を組んだ。

「ちゃいまっせ。先ほども言いましたやん。雅楽頭はんは、滅多に禁裏へ来はれへんと」

「そうであったな。だとすれば……」

　あきれた土岐に、鷹矢は降参だと手のひらを広げて見せた。

「……もうちょっと人を疑いなはれや。先日も申しましたやろ、南條の姫はんは、公家の紐付きやと」

「……では」

「松波雅楽頭はんは、二条家の家宰ですわ。公家には違いおまへんが、その辺の五位とは違いまっせ。摂家の家宰や、五位の公家ではでけへんほどの生活をしてますわ。摂家にはなにかと余得がおますから」

　冷たい顔で土岐が告げた。

「公家の生活を聞きたいと思っていたが……」

「普通の武士の毎日を知りたいというて、老中の用人と話するようなもんですな」

　情けない顔をした鷹矢に土岐が止《とど》めを刺した。

「うっ」

鷹矢が詰まった。

「もうよろしいわ」

その顔に土岐が噴き出した。

「松平越中守さまも、そのあたりのなにも知らんところを買いはったんですやろ」

「なにも知らんところ……」

土岐の言葉に、鷹矢が怪訝な顔をした。

「公家のことをなんもわからへん。いわば、白い紙ですやろ。白い紙になにか跡が付けばすぐにわかりますやろ。なんもかんも知ってる真っ黒な紙やったら、墨で字を書いても読めまへんよって」

「…………」

言われた鷹矢が黙った。

「さすがに、この意味はわかりはりましたか」

土岐が冷えた目をした。

「白い紙を己の色に染めようとしてきた者は、誰か簡単にわかる」

鷹矢が言った。

「そうです。松平越中守さまが、典膳正はんだけを手駒として京へ送りこむはずおまへんやろ」

「他にもいる」

「はいな」

確認した鷹矢に土岐がうなずいた。

「池田筑後守どのもそうだと聞いた」

鷹矢が東町奉行池田筑後守の名前を出した。

「町奉行はんもそうでっしゃろうなあ。しかし、本命とは違いまっせ」

「吾でもなく、池田筑後守どのでもない……」

鷹矢が悩んだ。

「もちろん、所司代はんやおまへんで。あの所司代はんに禁裏をどうこうするだけの気概も力もおまへん。まあ、人は追い詰められたらなにするかわかりまへんけどな」

土岐が戸田因幡守を切って捨てた。

「所司代は将来の老中であろう」

思わず鷹矢が反論した。

「老中やから偉いちゅうもんやおへんで。禁裏も一緒ですけどな。摂家やから賢いとは限りまへん」

あっさりと土岐が述べた。

「わかりまへんか。わいがなんで所司代はんを使えんと言うたか」

「わからぬ。教えてくれ」

素直に認めて鷹矢は頼んだ。

「はあ、素直なんが美徳なのは、子供の間だけでっせ」

ため息を吐きながら土岐が続けた。

「所司代はんが、地位にふさわしいだけの器量とやる気をお持ちやったら、そもそも太上天皇号のことも大御所称号のことも、とっくに終わってますわ。太上天皇号については、非公式に認めたというあやふやな形のまま、閑院宮典仁親王さまへ少しばかりの合力をしたらすみますやろ。いろいろと管轄が変わったとはいえ、所司代はんには上方の幕府領を差配する力がありまんねん。二百石や三百石、ひねり出すのは容易ですやろ」

「しかし、それは法度《はっと》に反しておろう」

鷹矢が否定した。

「そんなもん、表沙汰にならなんだらよろしいねん。松平越中守さまも、閑院宮典仁親王さまが太上天皇だと表に出てきはれへんかったら、黙認しはりますわな」

「あの松平越中守さまが、不正を見逃すと」

厳格で鳴らした松平越中守が許すとは鷹矢には思えなかった。

「世間知らずでんなあ、やっぱり。ご存じおまへんのか、白河へ養子に出た松平越中守さまが老中になりたい言うて、田沼主殿頭意次さまへ賄賂《わいろ》を贈らはったことを」

土岐が尋ねた。

「噂だけだが……」

これは幕府で知らない者のいない噂であった。鷹矢が認めた。

「目的のためにやったら、政敵にでも頭を下げる。まあ、これくらいやなかったら、老中首座なんぞでけまへんで。そんな松平越中守さまや、実害がなければ知らん顔くらいしはりまっせ」

「むう」

鷹矢は反論できなかった。

「あとは所司代が代わるときに、引き継ぎだけしとけばよろしいねん。そうやって形だけでも今上さまのご要望を果たしておけば、大御所称号も簡単にいきましたやろ。今上さま無礼なことやけど、今上さまと同じことを将軍はんが望んだだけですやろ。今上さまはお嫌とはなさいませんやろ。それに太上天皇号と違って、大御所称号を認めたからちゅうて、禁裏は金も禄も出しまへんし」

損はないと土岐が語った。

「そう言われれば……」

鷹矢もそう思えてきた。

「最初の失策は、戸田因幡守はんが太上天皇号のことを江戸へ報した。そこが今回の問題の端緒ですわ。原因を作ったもんを重用なんぞしまっかいな」

「なるほど」

鷹矢も納得した。

「そやから所司代はんは、勘定に入れんでよろしおます」

土岐が戸田因幡守を意識から除けと言った。

「となると……」

「それ以上は、わいではわかりまへんで。わいはただの仕丁でっさかいな。江戸から、誰が京へ来ているかさえ知りまへんよって」

その先を訊きたそうな顔をした鷹矢に土岐が知らないと首を左右に振った。

「とりあえずは、味方はおらんと思うて、動くことですな。ほな」

鷹矢の疑心を増やして、土岐が去って行った。

「他に江戸に来ている者……」

鷹矢の頭に、諸国巡検使以来のつきあいとなっている二人のもと徒目付《かちめつけ》の顔が浮かんだ。

# 第二章　京という価値

## 一

近衛《このえ》、一条《いちじょう》、二条、九条《くじょう》、鷹司《たかつかさ》の五家を摂政、関白になれる臣下最高の格式として摂関家と呼んだ。

そのいずれもが、藤原鎌足《ふじわらのかまたり》の子孫藤原北家《ほっけ》良房《よしふさ》の血を引いている。

とはいえ、五家のなかにも序列はあった。

もっとも古いのが近衛家であった。その近衛家に跡継ぎがなかったとき、弟が摂政となったことで松殿《まつどの》藤原家ができ、当初摂関はこの二家で独占していた。この近衛家と松殿家が平安末期の戦乱で力を失い、代わって松殿家の弟だった兼実《かねざね》が摂政となり、九条家を興《おこ》した。その後、松殿家が断絶、摂関家は近衛と九条になった。やがて近衛家から鷹司家が生まれ、九条家から一条、二条が分かれて、現在の五摂家ができた。文永（一二七〇）のころである。

　出自でいけば五摂家は、近衛、鷹司の派と九条、一条、二条の派に分けられる。しかし、その祖は藤原良房に繋がるうえ、家格が等しいこともあり、婚姻や養子縁組を繰り返して、今では近しい親族となっている。

　そして、幼い天皇に代わって天下の政を預かる摂政、成人した天皇を補佐して天下の政を助ける関白ともに定員は一名しかなく、同時に就任することができない役目を争っている関係でもあった。

　つまり、誰が敵か味方がわからないのだ。

「きさま、兄である麿を押しのけて摂政になるつもりか」

「兄や弟などどうでもよろしい。ようは家格の問題でおじゃる」

　兄弟でも、片方が養子として出た家として動くため、敵対することもある。

「まずは、麿が摂政をさせてもらう。が、三年でかならず身を退く。そのとき、次に卿を指名しよう」

「きっとお守りあれや」

　もともと敵対していた家同士が、婚姻で手を組み、摂関になる順番を決めるときもある。

そして、五摂家にはもう一つ大きな区切りがあった。

幕府に親しくするか、嫌って遠ざけるかである。

ときの天皇が幕府にどういう感情を持っているかでかなり状況は変わるとはいえ、五摂家全員が親幕、嫌幕に染まることはまずなかった。

「越中守にも困ったもんや」

右大臣近衛経熙《つねひろ》が苦い顔をした。

近衛家はもと嫌幕府の筆頭であった。比叡山《ひえいざん》、石山本願寺《いしやまほんがんじ》、武田信玄《たけだしんげん》、朝倉義景《あさくらよしかげ》、浅井久政《あざいひさまさ》などを繋ぎ、織田信長《おだのぶなが》の天下統一を邪魔したのが、近衛前久《さきひさ》だったことからもわかるように代々の武家嫌いであった。

事実、御三家の水戸徳川家から近衛の姫を当主の正室にと求められたとき、

「当家は武家と縁を結ばぬのが家訓」

とにべもなく断っている。

御三家という徳川の一門の求めを拒むのは、五摂家でもなかなか難しい。なにせ、幕府から公家は禄をもらっているのだ。いわば幕府は金主である。その求めを一蹴するには、相応の覚悟がいった。

しかし、近衛家は六代将軍家宣の征夷大将軍就任を契機に、幕府との仲を一気に縮めた。

家宣の妻熙子《ひろこ》が、近衛基熙《もとひろ》の娘だったのだ。

武家嫌いを家訓とする近衛家が、三代将軍家光《いえみつ》の甥で甲府二十五万石の藩主綱豊に娘を嫁に出したのには、理由があった。

最初に来た水戸家の縁談を断った近衛基熙のもとへ、脅迫とともに二度目の縁談が持ちこまれた。

「上様の甥君とのご縁を拒まれるとあれば、こちらもそれなりの対応をせざるをえなくなりますぞ」

京都所司代が近衛基熙を脅した。

「禄を取りあげるなら、取りあげよ」

最初、近衛基熙は抵抗した。幕府から近衛家に与えられている石高は二千八百六十石、公家としては破格に多いが、さほどではない。近衛家が代々持っている座や芸事の許認可権だけでも、生きていけるほどの収入になる。

「近衛家の摂政、関白就任に幕府は異を唱えますぞ」

強気だった近衛基熙に京都所司代が言い放った。

朝廷のことは朝廷でだが、その儀式や行事の費用は幕府が出している。朝廷も幕府の顔色を窺わなければ、何一つできない。

「いささか問題が」

「二条さまのほうがふさわしいと」

近衛家に摂政、関白の声がかかったとき、幕府がそれを邪魔すれば成りたたなくなる。もちろん、摂政関白への任官は朝廷の専権事項ではあり、幕府の介入を蹴飛ばしても問題はない。が、そうなれば手ひどい報復が返ってくる。

それに五摂家は、摂政、関白の地位を争う敵同士でもあるのだ。近衛が脱落してくれれば、四摂家となり、己が就任できる可能性が高まる。

摂政、関白になれなくなった摂関家など、それこそ無意味になる。

「せめて……」

近衛基熙は一つだけ条件を付けて、この縁談を呑んだ。

その条件は熙子を近衛の娘としてではなく、一族平野中納言の養女として輿入《こし》れさせることであった。

かろうじて近衛家の面目を保った幕府嫌いの近衛基熙だったが、娘婿の家宣が将軍になったとたん、掌《てのひら》を返した。

近衛基熙はわざわざ江戸まで下向し、幕政に口出しするほどになった。二度目の下向ではじつに二年もの間、江戸に居続けたほどの親幕府に変身した。

この裏には、幕府による後押しがあった。

五摂家筆頭の近衛ながら、娘を嫁がせたことで幕府嫌いの霊元《れいげん》天皇に嫌われ、長く干されていたが、家宣が将軍になったとたん、関白へ上り、さらに公家としては江戸時代初となる太政大臣に就任するなど、朝廷を牛耳《ぎゅうじ》った。

それ以来、近衛は幕府に近い立場を取ってきた。

当代の近衛経熙にいたっては、生母が徳川御三家の一つ尾張徳川宗春《むねはる》の娘なのだ。五摂家が武家の血を引く男子を当主にするのは、まさに異例といえた。

右大臣は朝議を開催する権を持つ左大臣よりも格下になるが、摂政、関白まであと少しのところにいる。

「太上天皇号くらい、認めてやったらええのに、吝《しわ》いこっちゃ」

近衛経熙が、あきれた。

「幕府も金がないのでございまっせ」

下座にいた商人が応じた。

「大した金やないで。たかが宮家にちぃと贅沢させてやるだけや。千石ほど足してやればすむことやないか」

「その千石を使えないんですわ」

商人が首を横に振った。

「老中首座がか」

近衛経煕が驚いた。

「へえ。千石でも無駄遣いはできまへんねん」

「これこれ、口に気を付けや。今上さまのお父上やで、その費用を無駄遣いというのは、あまりに不敬や」

商人を近衛経煕が咎めた。

「これは、失言でおました。お忘れを」

「桐屋《きりや》の頼みや、しゃあないな」

近衛経煕が笑った。

「どないや」

「あきまへん。なかなかに京のお方は、頭が固い」

問われた桐屋と呼ばれた商人が嘆息した。

「大坂で知られた桐屋でも、洛中は難しいやろ。御所出入りはそう簡単に認められるもんやない」

　さもあらんと近衛経熙が首肯した。

「そこは右大臣さまのお力で」

「無理やな」

　下から窺うような目をした桐屋の頼みを、にべもなく近衛経熙が拒んだ。

「……………」

　桐屋が黙った。

「京っちゅうのは、五百年の歴史があるんや。今、洛中に暖簾《のれん》をあげてる店のなかには、ほとんど変わらんくらいの老舗《しにせ》もある。桐屋、おまえんとこが京に出店を設けて何年になる」

「五年でございます」

「はん」

　答えを聞いた近衛経熙が鼻で笑った。

「五年やそこらでは、御所出入りどころか、その辺の公家でも御用達の看板は出さへんわな」

「京では五年ですが、大坂では五代六十年の暖簾でおます」

桐屋が反論した。

「六十年……」

「はい」

確認した近衛経熙に桐屋が誇らしげに胸を張った。

「笑わせんといてんか、桐屋」

声をあげて近衛経熙が笑った。

「えっ……」

「六十年なんぞ、京では新参者やで。京で老舗と言いたかったら、二百年は要る。百年やそこらの店は、どことも一歩、いや二歩ほど控えるもんや」

唖然《あぜん》とする桐屋に、近衛経熙が告げた。

「二百年……死んでしまいますがな」

桐屋がため息を吐いた。

「孫、いや、玄孫《やしゃご》の代でも届かんやろうな」

近衛経熙が止めを刺した。

「わかったか、桐屋。公家っちゅうのは、いや京はそういった時の流れのなかで生きてるということが」

表情を引き締めて近衛経熙が言った。

「十分わかりましてございまする」

桐屋も姿勢を正した。

「わかっても、我慢でけへんねんやろ」

ふたたび近衛経熙が口調を柔らかいものにした。

「へい。なんとしてでもわたくしが生きている間に、御所出入りの看板を、いや御所御用達の看板を手にしたいと」

桐屋が願いを口にした。

「二百年から六十年引いて、百四十年や。それだけのときをなしにするとなると、かなりの無茶をせんならん」

近衛経熙が本題へと移った。

「どれだけ用意をいたせばよろしゅうございますやろ」

「そうやなあ。五千両やな」

訊いた桐屋に、近衛経熙が口を笏《しゃく》で隠しながら述べた。

「五千両でございますか」

「高いか。しゃあけどな、それくらいは要るで。公家全部とは言わんが、昇殿できる家全部と朝廷の内証を預かる蔵人を納得させなあかんでな。ああ、それだけやないで。御所出入りの看板を持っている店への挨拶もせんならんし、順番を待っている店に詫びも要る。五千両でも足らんかも知れん」

近衛経熙がいろいろと理由を並べた。

「なるほど。それがときを買うということでんな」

「そうや。そうや」

桐屋の言葉に、近衛経熙が何度も首を縦に振った。

「ほな、一万両用意しますわ」

「……えっ」

今度は近衛経熙が唖然とした。

「そなた、麿の話を聞いておじゃったのか」

近衛経熙が桐屋の顔を見た。

「はい」

「麿は五千両と申したのだぞ」

素直にうなずく桐屋に、近衛経熙が大声を出した。

「まだ耳は遠くなってまへんので、聞こえておりました。だから一万両出そうと」

「意味がわからん」

近衛経熙が混乱した。

「普通は五千両なんという大金、出せと言われたら値切るもんや。それを……」

「大坂商人は無駄金は遣いまへん。普段は吝嗇《りんしょく》やと言われても金を大事にします。その代わり、ここぞというときは、思いきりよう出しまんねん」

「麿の理解をこえてるわ。一万両いうたら、二万石の大名の一年分や」

武家の石高は、五公五民が基本になる。二万石でも年貢は一万石しかない。そして米はおよそ一石一両で取引される。実際は精米の目減りなどで一万両には届かないが、おおよその計算としてはまちがっていなかった。

「麿が家でも、年一千三百両ほどや。領地からの収入は。一万両いうたら……何年分になるねん」

「ざっと八年ですわ」

まだ理解が追いついていない近衛経熙へ桐屋が要らない一言を口にした。

「年数なんて、どうでもええ。そなたはなにを考えてる」

近衛経熙が怒った。

「五千両で足りるなら、一万両ならまちがいないと思いまして」

「確実に……と申すか」

言われた近衛経熙がじっと桐屋を見つめた。

「…………」

無言で桐屋が肯定を示した。

「百万言よりも、今の沈黙がもの言うたわ」

近衛経熙が肩の力を抜いた。

「なんでそこまで御用達を欲しがるんや」

「大坂は武士の値段が安いところでおます。大坂城代はんは、次のご老中さまですよって、そうそう揺らぎまへんが、町奉行所、諸藩の蔵屋敷のお役人は、土地柄もおますねんやろうけど、黄金の色に弱い。小判を見せるだけで、どないでもなります。町奉行はんかてそうです。もう、ちょっと前のことですが、大坂で大店《おおだな》同士の争いがおました」

「ほう、それで」

おもしろそうだと近衛経熙が身を乗り出した。

「よう似た店の規模やったため、争いがなかなか収まりませんで、ことは町奉行所にまで持ちこまれました」

「ふむ。町奉行所とは、罪人を捕まえるだけやないのじゃな」

「庶民の争いも担当してくれますわ。で訴訟ごとは勝たな意味おまへん。町奉行はんの前で互いの言い分を出した後、どうもこっちが不利やなと感じた片方が、町奉行はんのところへ金を届けたんですわ」

「で」

先を近衛経煕が促した。

「次の審理で一気に形勢逆転ちゅうやつですわ」

「なるほど」

「そうなると反対側が気づきますわな。この間まで有利やったんが、いきなり負けそうになったんですよって。ああ、持っていきよったなと。ほな、こっちもと町奉行へ金を渡した」

「当然、天秤《てんびん》は傾くわな」

「はい。そうなると最初の方がまた動く。審理が変わる。反対側が持っていく。また変わる。それの繰り返しで、いつまで経っても結審しまへん」

「で、結局どうなったんや」

結末を近衛経煕が問うた。

「両方から金をもらうだけもろうて、動きが取れなくなった町奉行はんが、開きなおったんですわ。示談せいと」

「阿呆《あほう》としか言えんな」

近衛経煕があきれはてた。

「これで武家に尊敬とか畏怖とかせいなんぞ無理ですやろ」

「無理じゃの」

言った桐屋に近衛経煕が同意した。

「武家に見切りを付けた大坂の商人ですが、朝廷はんは別ですねん」

「なぜや」

近衛経煕が尋ねた。

「今上さまは神さまであられます」

桐屋が口調をあらためた。

「そして朝廷はんは、その神さまの眷属《けんぞく》さま」

「ほほう、感心なことを言うの」

満足そうに近衛経煕が頰を緩めた。

「もっとも、眷属はんが大坂におられへんよって、よろしいねんけど。大坂にたくさんおられたら、武家と同じになるやも知れまへん」

「むっ」

あまりつきあいがないから、悪い印象を持っていないだけだと言われたに等しい。

近衛経熙が機嫌を悪くした。

「しゃあおまへんで。大坂の商人に、姫さまを売り払うお方もいてはりますし」

「……………」

近衛経熙が黙った。

五摂家は別格として、そのへんの大名と同格とされる従五位や六位ていどの公家の家禄は百石内外でしかない。それで五位だ六位だという家格を維持し、生活をするのはまず無理である。

家伝来の家宝、先祖の日記など金になるものなど、とっくに売り払っている。能書家として知られているとか、歌や蹴鞠《けまり》などの家元など、余禄のある者はまだなんとかなるが、なにもない公家は借財を重ねるしかなくなる。

借財は返さなければならない。踏み倒すようなまねをすれば、禁裏付あるいは京都所司代へ訴えられる。そうなればよくて家格落ち、悪ければ断絶になる。

血筋と歴史、格式しかないに近い公家にとって、耐えられるものではない。そこで、公家は子女を金にするのだ。

幕初は、大名家が相手であった。豊臣秀吉《とよとみひでよし》を例に出すまでもなく、戦国を生き抜いた大名たちは、実力でのし上がった者ばかりであった。皆、系図をねつ造し、源氏じゃ、平家じゃ、藤原じゃと血筋を誇っているが、誰もそのようなものを信じてはいない。

出自を偽るということは、己が卑《いや》しい出だとわかっている証拠である。そういった者ほど、高貴な血筋に憧れを持つ。

五代将軍綱吉の初め、武士がまだ経済を握っていた時代まで、大名は争って公家の娘を側室にしたがった。

金を遣って、あるいは扶持米を保証して、公家の娘を手に入れる。

だが、これも元禄までのことであった。

武家から商人へと経済の中心が移った。参勤交代、お手伝い普請、物価の高騰などで大名の内証は悪化、商人から金を借りる立場へと落ちた。

そうなると金を払って公家の娘を側室になどといえなくなる。

その後釜に座ったのが商人であった。それも上方の商人がほとんどを占めた。

なぜか、武家の町である江戸の商人は、公家の娘にさほどの価値を認めず、娘を遠くにやりたくないという心情で九州や名古屋の商人は公家が嫌がったからだ。

「はっきり申しあげますけど、上方で五位ていどのお公家はんは、武家と同じですわ。ただ、さすがに三位以上のお家柄となると、わたくしどもとは縁がおまへん」

三位以上が公卿と呼ばれ、それ以下とは大きな差を持っていた。

「上方でありがたがられているのは、今上さまと三位以上のお方。この方々は、お血筋からして違う」

「そうじゃ」

近衛経熙が深くうなずいた。

「五位以下なんぞ、摂家の家臣である」

「しかし、上方に三位以上のお方と縁のある者は少ない。ましてや御所の出入りなんぞおまへん。もし御所の御用達という看板が上げられれば、上方中の注目を集められます。この商品は今上さまもお使いというだけで、飛ぶように売れますやろ。そして、まねしようとしてもできまへん。わたくしが一万両使って手にしたとあれば、それ以下では御用達になれないということ。一万両の金を右から左に出せる商人は、そないにいてまへん」

「ううむう。そこまで考えておるとは、上方の商人は侮れんのう」

近衛経熙が心底から唸った。

「いつ金をお持ちすれば」

「ま、待て」

言えば明日にでも持ちこんできそうな桐屋に近衛経熙が慌てた。

ほとんど御所内といえる範疇《はんちゅう》に屋敷がある近衛家だが、警備はこころもとない。近衛家の家臣には、警衛の侍もいるが、代々仕えているだけで、戦いなんぞ経験したこともない。剣術の経験があるかどうかでさえ怪しいのだ。そんなところに一万両なとどいう大金を運び込まれては、盗賊を呼んで歩いているも同じになる。

そして預かった以上、その金の責任は近衛経熙に来る。

「一気にもろうても困る」

「さようでございますか。では、どのようにいたせば」

「当座は鷹司と当家の枝葉たちへ撒《ま》くぶんだけでいい。そうよなあ千両、いや二千両あればいい。それくらいならば蔵に入るだろう」

近衛経熙が金額を口にした。

「では、明日にでも」

桐屋が承諾した。

「のう、桐屋。公家衆は麿がどうにでもするが、商人たちはそちらであるていどうにかせいよ。うなずかぬ者がいたときは、麿が口を利くがの」

「わかっております」

少しは己も汗を搔けと言われた桐屋が首肯した。

「わたしの言うことを聞かない者は、横に振る首をなくしてしまえばすむことですよって」

「…………」

淡々と物騒なことを言った桐屋に、近衛経熙が言葉を失った。

「そうそう、あと一つお願いが。所司代さまをご紹介願いたく」

「戸田因幡守をか。そのていどならばいつでもよいぞ。手紙を一つ書くだけじゃ」

「では、明日、金を持って来た者にお渡しを。長々とお邪魔をいたしました。これにて失礼いたしまする」

「あ、ああ」

辞去の挨拶をする桐屋に近衛経熙が応じた。

## 二

近衛家の屋敷を出た桐屋は、待っていた手代と合流した。

「いかがでおました」

手代が半歩後につきながら問うた。

「五摂家や、右大臣やいうても俗物やな」

桐屋が嘲笑を浮かべた。

「一万両言うたら腰抜かしおったし、持ってくる言うたら慌てよった。たかが一万両ていどでおたつくんや、とても神様の眷属とは思えんわ」

先ほどとは違った感想を桐屋が述べた。

「当座の金だけ用意せいと言いよったんでな、いくらにしましょうかと問うたら、最初千両と言うておきながら、途中で二千両と言いなおしよった」

「それがなにか」

手代が首をかしげた。

「九平次《くへいじ》、それではあかんで」

桐屋が手代を叱った。

「すんまへん」

九平次と呼ばれた手代が頭をさげた。

「一人前の上方商人になって、店を持ちたいんやったら、他人の言動の裏を見ぬかなあかん。それこそ、ええ食いものにされて潰されることになるで」

「気をつけます」

「近衛が千両から二千両と言い直したのはなんでか……千両まるまる抜くつもりや」

「えっ」

言われた九平次が驚愕した。

「商人でなくても、人はものを売るとき、儲《もう》けを考える」

「へい。ですけど旦那、近衛さまはものを売ってるわけやおまへんのと違いますやろか」

九平次が疑問を口にした。

「形あるもんだけが、商品やない」

桐屋が首を左右に振った。

「近衛が売ってるのは、人脈や。近衛家という名門が持つ影響力や。どちらも形はないけどな、どえらい商品やで」

「はあ」

よくわからないのか、九平次が中途半端な反応をした。

「まあええ。奉公人として使われている間は、気にせんでもええ。いずれ番頭になって店を差配するころには、その価値に気づいてなきゃあかんがの」

桐屋がしかたないと苦笑した。

「近衛がこうせいというだけで、はいとうなずく連中は多い。もちろん、ただでは首を動かしてくれへんがの。もちろん、個別に儂が口説き落としてもええねんけどな、手間がかかるうえに、近衛が敵に回った途端、縦に振っていた首を横にしかねん。それやったら意味ないやろ。いつ裏切るかわからん味方なんぞ、敵より質《たち》が悪い」

「それはたしかに」

ようやく九平次が理解しだした。

「百をこえる公家を動かすには、その頭を押さえるのが一番早いし、確実や。そやから儂はここに来た」

「はい。で、千両が二千両というのは」

最初の疑問に九平次がもどった。

「言い直したやろ。つまり千両が適正な値段やねん。ものを売ろうかという者が、本気やったらつり上げはせえへん。最初に高めにいうて、値引きするのが普通や。そうやって勉強してますと見せつけたほうが、買う方も気持ちよく金を出せる。しかし、最初の値段よりも上げていくのは、どうや。客としてええ気はせんやろ」

「しまへん」

九平次も同意した。

「それができるのは、どんなときや」

桐屋が訊いた。

「よほど相手が欲しがっているときか、同じものを求める競合相手があるときか……」

質問された九平次が考えた。

「もう一つあるやろ。相手の足下《あしもと》を見ているとき」

「あっ」

桐屋に言われて、九平次が声を出した。

「足下を見てるから、ふっかけてきた。公家やから商いの心得がないからしくじった。最初から二千両と言うておけばすんだのを、素直に千両と口にしてしまった。そこで、儲けどきやと気づいてあわてて言い直したんや」

「では千両は、近衛さまの」

「儲けどころか、小遣いやな。最初の千両に、己のぶんも入ってるはずやからな」

桐屋が口の端をゆがめた。

「よろしいんで」

九平次が近衛家の屋敷へと振り返った。

「かまへん。千両はたしかに稼ぐにたいへんな金額やけどな。これで近衛に引け目を持たせ、首輪を付けたと思えば、まあ適正な価格というやつやな」

「はあ」

大坂でも名の知れた大店の手代とはいえ、そうそう千両を取り扱うことはない。九平次が啞然としたのも無理はなかった。

「それに相場も知れたしな」

「相場……」

九平次がまた怪訝な顔をした。

「五摂家を動かすには、千両ですむ」

「ああ」

納得したと九平次が手を打った。

「ではあと四千両……」

「いいや二千両やな。近衛がいうとった、鷹司は一族やからこっちですると な。となれば、九条に言えば、一条と二条はいかんでもすむ」

桐屋が述べた。

「九平次、明日でも九条へ行き、いつ行けばええかを訊いておいで」

「へい」

九平次が承知した。

「問題は、京の商人どもや。どうも京の連中は、大坂を下に見てよるで、なかなか言うことをきかへん」

面倒くさそうな顔を桐屋がした。

「いっそ、金で京の老舗を買い取るか」

「…………」

主の独り言に近い。九平次は黙って聞いていた。

「勢いがあるのは五条市場らしいな」

不意に桐屋が九平次に顔を向けて問うた。

「へい。京都町奉行所の与力と手を組んでるという噂で」

九平次が答えた。

「町奉行所かあ。大坂町奉行所やったら、十二分に鼻薬《はなぐすり》嗅《か》がせてあるけど、京はまったくやな。今から金を積むにも、手間がかかる」

町奉行所に属している与力、同心は薄禄を補うため、商人や屋敷のある大名などから合力金《こうりょくきん》をもらっている。合力金をくれているところへ、町方役人は気を遣う。

当然、桐屋も大坂町奉行所には相応のことをしている。それこそ、大坂町奉行所の管轄内ならば、まずなにをしても捕まることはない。どうしようもない上からの命令で桐屋を捕まえなければならないとなったときは、前もって密かに報せを出してくる。

京都町奉行所の与力、同心も同じであった。長年金をくれた店と、新規で入りこんできた桐屋では重みが違う。桐屋が多少金を積んだとしても、歴史を重んじる京では新参者でしかなく、古くからのつきあいを凌駕《りょうが》するわけにはいかない。

それこそ桐屋が既存の商店を圧迫するようなまねをしたら、町奉行所は敵になる。あらゆる手段を講じて、桐屋を京から追い出すだろう。

「錦はいかがで」

九平次が提案した。

「錦市場なら大丈夫なのかい」

　桐屋が足を止めた。

「噂でございますが、錦市場と京都東町奉行所の役人がやりあったというのを小耳に挟みまして」

「ほう。おまえにしては上出来じゃないか。どこで小耳に挟んだ」

　九平次に桐屋が問うた。

「五条市場近くの店で」

「酒を出す店だね」

「……へい」

　念を押した桐屋に、九平次が不安そうな顔をした。

「京店の帳簿を一度検《あらた》めなあかんか」

「と、とんでもない。店の金ではおまへん」

　横領しているのではないかと疑う桐屋に、九平次が必死で否定した。

「自前かい。それやったら立派やな」

　桐屋が声をやわらげた。

「それが本当だとして、錦市場を落とせたら、おまえの手柄や」

「……………」

「ことがなったとき、おまえを番頭に引きあげたろ」

「それはありがたいこって」

出世を言われた九平次が喜んだ。

「まだ礼を言うのは早いで。結果が出てからや。どれほどの準備をしていても、儲けが出なんだら失敗やねんで。商いはどれだけ努力したとか、これだけの準備を重ねて来たとかは、一文の価値もない。こんだけの儲けを出したとなって、初めて手柄になるんや」

「へい。心しま」

釘を刺された九平次がうなだれた。

「おまえ、錦市場の者を知らんか」

桐屋が問うた。

「あいにく、錦には……」

「役に立たんなあ」

首を横に振った九平次に、桐屋がため息を吐いた。

「一カ所だけとつきおうて、どうすんねんな。こちらは京へ手を伸ばそうとしているんや、あちこちに顔つなぎしとかなあかんやろうが」

「すいまへん。いろいろなところに顔出しするだけの……」

九平次が最後まで言わなかった。

「給金をもろうてないと言いたいんやな」

「………」

見抜かれた九平次が黙った。

「まあええ。たしかに奉公人、手代の給金はわずかやからな」

桐屋が笑った。

奉公人は、丁稚から手代、番頭と出世していく。店によって多少の差はあるが、丁稚は無給、手代は小遣いていどしかもらえない。その代わり、衣食住を店が保証する。番頭になるとそこそこの給金が出る。店を出て住むことが許され、妻帯もできる。越後屋とか白木屋などの大店になると、手代でも他の店の番頭ほどの待遇を受ける者もいるが、ほとんどの店で手代はまだ半人前でしかなかった。

「……これを遣え」

懐から紙入れを出した桐屋が、小判を三枚出した。

「えっ……」

小判三枚となると、手代の年間給金に近い。九平次が驚いたのも当然であった。

「一万両遣うんやで。三両くらいけちってもしゃあないやろ」

桐屋が淡々と言った。

「では……」

「遠慮せんでええ。全部遣え。たらんかったら言え。もうちょっとなら出す。際限なくはやらんぞ」

「それはもちろん」

大坂商人は金に厳しい。遣うときは派手に遣うが、普段は吝嗇に近い。丁稚から手代へ上がった九平次である。十年以上、桐屋に仕えていれば、主《あるじ》がどういう男かくらいはわかる。

「その代わり、この月中に錦市場に伝手《つて》を作れ」

「この月中にで……後十日ほどしかおまへんが……」

無茶な要求に九平次の腰が引けた。

「なんとかしいや」

「……へい」

主に命じられたら、奉公人は従うしかない。嫌ならば辞めるしかなくなる。

「よっしゃ、今から動き」

　桐屋が手を振った。

「旦那をお店までお送りしてからでも」

「無駄なことや。洛中で昼間から襲われるはずなんぞないわ」

　気にする九平次に桐屋が笑った。

「明日の手配は」

　金を運ぶのはどうしようかと九平次が尋ねた。

「他の者にさせる。おまえはそっちに集中せい」

「へい。では、お気を付けて」

　小判を受け取った九平次が、桐屋から離れた。

「歴史じゃ、家格じゃと面倒やなあ、京は。そんなもんで飯は喰えんちゅうに。金を持っているかどうかで序列の決まる大坂はわかりやすいわ」

　桐屋が独りごちた。


　松波雅楽頭では、牛車に乗る資格がない。専用の駕籠もない。かといって町駕籠を使えば軽く見られる。

「ちいときれいな塗り駕籠を出してんか」

京の駕籠屋のいくつかは、通常の町駕籠の他に、格式の高い塗り駕籠を持っている。

松波雅楽頭は、そこへ頼んだ。

「高いな。たかが五町（約五百五十メートル）ほど行くだけやのに、片道二分は取り過ぎやろ」

駕籠に乗ってからも松波雅楽頭はぼやいていた。

「往復で一両や。まったく、要らん出費やな。なんとか、禁裏付との遣り取りで、損を取り返さんとあかんわ」

松波雅楽頭が腹立たしさを鷹矢へと向けた。

「御所はん、もう着きますで」

塗り駕籠となると、駕籠かきだけでなく、先導役が要る。先導役が松波雅楽頭へと告げた。

「先触れしいや」

「ほな」

松波雅楽頭に言われた先導役が、禁裏付役屋敷へと走った。

「開門、開門。松波雅楽頭でござる」

先導役は一応家臣の体を取る。松波雅楽頭に敬称を付けるわけにはいかない。

「承《うけたまわ》って候《そうろう》」

禁裏付役屋敷の門番が、応じた。

「玄関式台に着けてもよろしいんで」

先導役が松波雅楽頭に問うた。

来客でも格下は式台まで駕籠で乗りつけるわけにはいかない。大門を入ったところで、駕籠から降りて、数歩とはいえ歩くのが礼儀であった。

「かまへん。どうせ、雅楽頭と典膳正のどっちが格上かなんぞ、わからへん」

松波雅楽頭が式台まで行けと命じた。

「へい」

雇われている先導役は、依頼主の言うとおりにするだけである。

駕籠は玄関式台へ下ろされた。

「…………」

その有様に、温子が頰をゆがめた。

禁裏付は幕府の代弁者である。同じ従五位の下同士とはいえ、格は禁裏付が松波雅楽頭より高い。松波雅楽頭の態度は、公家としての慣習に染まってきた温子には、思い上がりにしか見えなかった。

「……あら」

温子が苦い顔になったのを、屋敷の隅で見ていた弓江は気づいた。

「これは後で問い詰めましょう。さて、東城さまのお手伝いに参りましょう」

弓江は温子の失態をあきらかにしようと考えた。

武家でも公家でも、女が来客を出迎えることはない。家禄が少なすぎて家士が雇えないほど貧しい家なら別だが、同格以下の相手は用人格の家臣が対応する。

ただ今回は温子の伝手で松波雅楽頭を招待した形になっている。温子が出迎えるのは当然であった。

「ようこそのおこしでございまする」

温子が式台に手を突いた。

「邪魔するわ」

駕籠の扉を先導役に開けさせた松波雅楽頭が、降りてきた。

「典膳正がお待ちいたしておりまする。どうぞ、奥へ」

「うむ。案内頼む」

温子の後に松波雅楽頭が続いた。

禁裏付役屋敷は、さほど大きなものではなかった。これは役目を果たすのが、御所のなかということで、執務する場所が不要なためであった。

「こちらでお待ちを。今すぐにお茶を」

客間へ案内した温子が、一礼して出ていった。

「武家は質素やというけど、なんもないな。床の間に掛け軸一つかかってへん。花けがなかったら、引っ越し前かと思うわ」

床の間から見て左手に用意された客用敷きものに腰を下ろしながら、松波雅楽頭があきれていた。

「お茶でございまする」

温子が用意をしておいた薄茶を松波雅楽頭の前に置いた。

「……典膳正はどうしている」

小声で松波雅楽頭が尋ねた。

「今、着替えをいたしておりまする」

温子が答えた。

「麿の正体には気づいてるか」

「いいえ。まったく」

温子が首を左右に振った。

「それはええ」

満足そうに松波雅楽頭が頬を緩めた。

「後は任せとき」

「………」

胸を叩いた松波雅楽頭に、温子は無言であった。

三

鷹矢は自室で、弓江に手伝ってもらいながら着替えていた。

「衣冠束帯《いかんそくたい》はさすがに不要だが、小袖に袴だけともいくまい」

公家と私的な対談は初めてになる。鷹矢は衣装の選択に戸惑っていた。

「お袴、肩衣《かたぎぬ》ではいささか固すぎませぬか」

用意をしながら、弓江も困惑していた。

こういうことに詳しい温子は、松波雅楽頭出迎えのため、すでに門外へ出ていた。

武家の場合、自宅で来客を迎えるときの衣装は決まっている。よほど格上、旗本である鷹矢の場合、将軍とか老中などを迎えるのでなければ、羽織袴ですむ。しかし、京、しかも公家相手となると、話は別になった。

「羽織でよいのか」

鷹矢は決断できなかった。

京は格式にうるさいだけに、衣装で相手を怒らせることもあり得る。話を聞きたいと思って招いただけに、気遣いをしなければならないと鷹矢は思っていた。

「裸やなかったら、なんでもよろし」

断りもせず、土岐が居室へ入ってきた。

「な、何者……」

弓江が驚愕した。

「冷たい女《おなご》はんでんなあ。この間、顔合わしましたのに」

土岐が天を仰ぐまねをした。

「いい加減にしてくれ。おぬしのいたずらは身体に悪い。入ってくる前に声くらいかけてくれ」

鷹矢が土岐を咎めた。

「ああ、すんまへん。いきなり襖開けたらあきまへんわな」

わざとらしく、土岐が鷹矢と弓江を見つめた。

「えっ」

「なにを言う」

弓江がわけがわからないと首をかしげ、鷹矢は土岐を叱った。

「おぼこいお方でんなあ」

土岐がさらに追撃した。

「いい加減にしろ」

鷹矢が土岐を抑えた。

「それよりも、どんな格好でもいいのか」

「よろしいおす。今日のお客は、松波雅楽頭はんですやろ。あの人は、典膳正はんより下ですよってな」

「雅楽頭は従五位下だろう。拙者と同格ではないか」

あまり朝廷での官位に詳しくない鷹矢が怪訝な顔をした。

「典膳正はんは、禁裏付でっせ。禁裏付の行列は摂関家も避けますねん。幕府の代理やということを忘れたらあきまへん」

土岐が説教をした。

「幕府の代理……たしかにの」

言われて鷹矢も納得した。

禁裏付になる前の鷹矢はお使者番であった。

お使者番は、将軍の代わりに各所へ行かされるのも役目であった。大名の家督相続、葬儀、病気見舞いや領地の災害見舞い、寛永寺や増上寺などの寺社への代参などもする。

当然、将軍の代理として赴《おもむ》くため、相手側の対応もそれに準ずる。御三家のもとへ見舞いに行けば上座に案内され、寺社へ代参すれば管長や別当などが相手をする。

身分からいけばはるかに格下なのだが、役目にあるときは将軍に準ずる。それがお使者番であった。

「それに雅楽頭はんは、二条家の家宰、武家でいう用人やと言いましたやろ」

「用人……か」

「お武家はん風にいうなら、陪臣ですわ。まあ、今上はんから見たら、典膳正はんも将軍の家臣でっさかい、同じやけど」

さりげなく土岐が松波雅楽頭と鷹矢を同じようなものだと言った。

「身分の上下はわかったが、まさかふんどしだけで出ていくわけにはいくまい」

鷹矢が苦笑した。

「小袖に袴でよろしいで。羽織を着ていったら、相手を図にのせるだけですわ」

土岐が忠告した。

「そういうものか」

「はいな。格式っちゅうのは、そういうもんですわ」

確認した鷹矢に、土岐がうなずいた。

「よろしいので」

あまりに怪しい土岐に、弓江が危惧《きぐ》を表した。

「これでも御所の仕丁だからな。このようなときに、禁裏付を欺《だま》すようなまねはしないだろう」

鷹矢が土岐をかばった。

「しまへんて。仕丁なんぞ、武家の中間《ちゅうげん》ですがな。禁裏の目付を怒らせたら、明日にでも辞めさせられますわ」

土岐が首をすくめた。

「……はい」

まだ信じきってはいないだろうが、弓江が鷹矢の言葉にしたがって、大人しく下がった。

「お出でなさいました。今、客間へお通しして、お茶を……」

そこへ温子が報告に来た。

「いつのまに、あんたが」

土岐に気づいた温子が、苦い顔をした。

「わいと典膳正はんの仲でっせ。いてても不思議やおまへんやろ」

にやりと土岐が笑った。

「……あまり身分低き者と親しくされるのは、よろしゅうございません」

温子が鷹矢に苦言を呈した。

「禁裏でもなにかと気を遣ってくれておるのでな。出入りくらいは大目に見てやってくれ」

鷹矢は温子を宥《なだ》めにかかった。

「……はい」

嫌そうな顔で温子が認めた。

「では、あまり待たせるのはよろしくなかろう」

「ご案内を」

立ちあがった鷹矢の前に、温子が立った。

「茶菓子もでんか。武家は客を遇することさえできぬと見ゆる」

足音が聞こえたところで、松波雅楽頭がわざとらしく独りごちた。

「…………」

聞こえた温子が泣きそうな顔をした。

「……お待たせをした」

そんな松波雅楽頭と温子の様子を見ぬものとして鷹矢は、床の間を背にして腰を下ろした。

「本日のご来駕に感謝をする」

ほんのわずかだけ、鷹矢は頭を傾けた。

「むっ……」

下手に出ない鷹矢に、松波雅楽頭が目を少し大きくした。

「お忙しいであろうゆえ、早速用件に入らせていただく。ご不満はお持ちか」

鷹矢が訊いた。

「不満と言われてもの。いろいろあろう。金のこと、明日のこと、女のこと。どれのことやらわからぬと答えようがない」

松波雅楽頭が悪い問いだと返した。

「女のことと言われたか」

「申したぞ」

問いただした鷹矢に松波雅楽頭が平然とうなずいた。

「禁裏付がそのようなことを尋ねるために、公家を呼んだと」

「質問の意図がわからねば、そうではないという保証はなかろう」

松波雅楽頭が嘯《うそぶ》いた。

「さようか」

鷹矢はあっさりと引いた。

「不満はござるぞ。禄は少ない。力がない。禁中《きんちゅう》並《ならびに》公家《くげ》諸法度《しょはっと》などという鎖が邪魔などな」

勢いに乗って松波雅楽頭が口にした。

「禄が少ないのは、力を失ったからでござろうに」

「むっ。盗人《ぬすっと》猛々《たけだけ》しいとはこのことじゃ。武士が公家の荘園《しょうえん》を食い荒らしたことが原因であろう」

反論した鷹矢に、松波雅楽頭が機嫌を悪くした。

「面白いことを言われるの」

鷹矢が口の端をゆがめた。

「事実であろうが。武士が我らから力を奪った」

松波雅楽頭が断言した。

「それは確かである。では、公家は誰からもなにも奪っておらぬと……」

「………」

言い返された松波雅楽頭が黙った。

「朝廷ができる前に、すでにその地を治めていた者はいたはず。神武東征が事実ならば、朝廷もまた他人のものを奪って来た」

「そんな昔の話を持ち出されても困るわ」

「武家が天下を取るようになって、すでに五百年をこえておるが。五百年では足らぬと」

「それは……」

松波雅楽頭が詰まった。

公家のなかには五百年ほど前に分家したものもいる。五百年では浅いと言い出せば、その公家たちの歴史を馬鹿にすることになった。かといって、武家は歴史が短いと反論すれば、源氏と平氏の出自にまで遡ることになる。源氏も平氏も、ともにたどれば天皇家に至る。武家を歴史浅い者として非難することはできなかった。

「まあよろしい。では、禄をどうすればよいとお考えか」

「増やすしかなかろう」

話を戻した鷹矢に、当たり前のことだと松波雅楽頭が答えた。

「どれくらいに」

「そうよな。少なくとも倍」

「倍出せば満足するのだな」

「い、いや、倍では足りぬ。三倍、いや官名にふさわしいだけのものが要る」

念を押した鷹矢に、松波雅楽頭が言い直した。

「当然、それだけの仕事をこなすのだろうな。雅楽頭といえば、万石以上の大名だ。公家ゆえ京に詰めることになるだろうが、領地のこともせねばならぬ。大名が参勤交代するように、領地と京を行き来せねばならぬぞ」

「それくらい……」

「蝦夷地《えぞち》になるか薩摩《さつま》になるか。京まで片道何カ月かかるやら」

たいしたことではないと言いかけた松波雅楽頭へ、鷹矢が付け加えた。

「そんなところまで行っていては、京でなにもできぬではないか。我らは京にいてこそ活躍できる」

「領地はどうする」

「そのようなもの、家臣にさせればいい」

訊いた鷹矢に松波雅楽頭が告げた。

「領地の政も任せるのか」

「そのような雑事は、我らの担うところではない。我らは朝廷に奉職しておるのだ」

松波雅楽頭が主張した。

「……はあ」

大きく鷹矢は息を吐いた。

「無礼な」

目の前であきれられた松波雅楽頭が眉を吊り上げた。

「同じことだと気づかぬのか」

「なにがじゃ」

言われた松波雅楽頭が怪訝な顔をした。

「公家が朝廷での遣り取りに傾倒し、地元を疎かにした。その結果、荘園を、実権を武士に奪われた。違うか」

「うっ……」

「何百年経っても、学んでないのか、公家は。それとも、これはおぬしだけか」

鷹矢が松波雅楽頭を見つめた。

「…………」

松波雅楽頭が沈黙した。

「二条大納言さまの家宰、松波雅楽頭どのでござるな」

鷹矢が正体を知っていると明かした。

「なっ……」

「それを……」

松波雅楽頭も、温子も驚愕した。

「拙者が望んだお方ではないが、このまま帰っていただくのもなんだ。せっかくの機会である。お話をさせていただこう」

鷹矢が松波雅楽頭に告げた。

「なにを話したいと言うか」

松波雅楽頭が動揺を抑えこんで問うた。

「朝廷の望み。いや、貴殿には大きすぎたな。貴殿の望みは二条家の繁栄という限定のもの」

鷹矢が二条は小さいと挑発した。

「きさまっ」

あっさりと松波雅楽頭が怒りを見せた。

「大御所称号を朝廷は認める気があるのか。貴殿の主君、二条大納言さまはどのようにお考えか」

「ふん、東夷《あずまえびす》に御所はんのお考えなどわかるまい」

松波雅楽頭が挑発を返した。

「南條どの」

「……はい」

不意に声をかけられた温子が、うろたえた。

「別段、人選に文句は言わぬ。任せたのは拙者であるからな。しかし、もう少しできる者をお連れいただきたかったぞ。仕える主君の思いさえ聞かされていない。主君の考えを忖度《そんたく》さえできぬ者などを呼ばれても、ときの無駄でしかない」

「…………」

責められても温子は謝罪できなかった。ここで詫びれば、鷹矢の言い分を認めることになる。すなわち、松波雅楽頭は役立たずだと同意するに等しかった。

「きさま……」

虚仮《こけ》にされて黙って引くわけにはいかなかった。松波雅楽頭だけの問題ではもうない。鷹矢の言葉は、このていどの男に家宰をさせている二条大納言の器量まで嘲弄《ちょうろう》していると取れた。

「怒るか」

「二条家の力を思い知らせてくれる」

松波雅楽頭が鷹矢を睨《にら》みつけた。

「明日より、いや、たった今より、きさまは禁裏に入れぬ。禁裏には入れぬ禁裏付など役立たずどころの話ではない。このことは京都所司代へ直《ただ》ちに報される。そうなれば咎《まぬが》めは免れぬぞ。摂関家を敵に回したことを思い知るがいい」

腰を浮かせて松波雅楽頭が、鷹矢を罵った。

「松平越中守さまを相手に戦《いくさ》を仕掛けると……」

鷹矢が氷のような声を出した。

「老中首座さまを敵にするか。さすがは二条家だ」

わざと鷹矢は松波雅楽頭ではなく、二条の名前を出した。

「幕府が任じた禁裏付の役目を邪魔する。それがどれだけのものか、思い知ることになるのは、そちらだ」

「……………」

松波雅楽頭が黙った。

「二条は禁裏付に挑むとなれば、拙者も遠慮はせぬ」

「……ま、待て」

またも主家の名前を出された松波雅楽頭がおたついた。

「御所さまはかかわりない。これは麿とそなたの……」

「ふざけるな」

逃げ口上を言おうとした松波雅楽頭を、鷹矢は怒鳴りつけた。

「そなた、さきほど二条家の力で拙者を禁裏から追い出すと申したであろうが。この一言で、すでにこれはそなたと拙者だけのものではなく、二条家と幕府の問題になっている」

「……つっ」

松波雅楽頭の顔色が紙のように白くなった。

「帰れ」

鷹矢は手を振った。

「ま、待ってくれ」

汗を滝のように流しながら、松波雅楽頭が頼んだ。

「南條どの、そなたもだ。今まで助かった」

頭を下げながらも鷹矢は温子を断じた。

「……はい」

出ていけと言われた温子がうなだれた。

「旅の用意を頼む」

鷹矢が立ちあがりながら、求めた。

「……旅でございますか」

隣室で控えていた弓江が確認を求めた。

「急ぎ、江戸へ向かう。松平越中守さまとご相談せねばならぬ」

「はい。では、馬の用意を」

弓江が駆け出した。

禁裏付役屋敷には厩《うまや》があり、乗り換えも含めて二頭の馬が飼われていた。これは旗本として騎乗を許されている身分としての義務でもあった。

「馬……」

温子が顔をあげた。

「二条に幕府への叛意《ほんい》ありと告げなければなるまいが」

淡々と鷹矢が述べた。

「叛意だと、そのようなこと……」

唖然としていた松波雅楽頭が、反応した。

「禁裏付を禁裏に入れぬ。これが幕府への敵対行為でなくなんだと言うか。ただちに江戸へ下り、越中守さまへご報告せねばならぬ」

鷹矢が告げた。

「二条を潰すなどできぬ」

松波雅楽頭が必死の声をあげた。

「摂関家は、徳川などと歴史が違う。なにより摂関家には天皇家の血が入っている。それを武家が手出しすることは許されぬ。そのようなまねをしてみろ。徳川は朝敵の汚名を着ることになる」

「…………」

まだ強気な松波雅楽頭を鷹矢が氷のような目で見た。

「な、なんだ」

松波雅楽頭が怯えた。

「二条を潰すと誰が言った」

「えっ、さきほどそなたは二条が叛意を抱いていると松平越中守へ告げると申したではないか」

「叛意を抱いているのは、大納言だ」

敬称を鷹矢は付けなかった。

「…………」

「わからぬか」

首をかしげている松波雅楽頭に、鷹矢が口の端を吊《つ》り上げた。

「二条家は潰さぬ。摂関家だからな」

「であろう」

松波雅楽頭の顔に血色が少し戻った。

「潰さぬのは家だけだ。大納言とその一門は許されぬ。とはいえ、首を刎《は》ねるわけにもいかぬだろう。せいぜい、僧籍《そうせき》に入れるのが関の山だろう。それでことは終わる」

「なにを言っている」

鷹矢の話に、松波雅楽頭が益々混乱した。

「安心しろ。おまえだけは僧籍には入らない。鬼籍《きせき》行きだ」

「………」

殺されると言われた松波雅楽頭が唾を飲んだ。

「ま、麿が命などはどうでもええ。二条の家はどうなる」

松波雅楽頭が問うた。

「簡単なことだろう。当主と一族がいなくなったが家を潰すわけにはいかないとなれば、どこかから跡継ぎを連れて来なければならない」

「……まさか」

鷹矢の話に、松波雅楽頭がまたも顔色を失った。

「摂関家を潰すとなれば、禁裏は一丸となって抵抗するだろうがな。空いた当主の座に、己の子供を入れられるとなれば話も変わろう。摂関家の数は減らないのだ」

「そのようなこと、ご一門の一条さま、本家の九条さまがお認めになるはずはない」

松波雅楽頭が首を強く左右に振った。

「摂関家は一条と九条だけではないだろう」

「……………」

あっさりと言った鷹矢に松波雅楽頭は口を閉ざした。

「用意が整いましてございまする」

弓江が報告に来た。

「ご苦労である。後のことは任せてよいな、布施どの」

「お任せをいただきますよう」

弓江が胸を張った。

「馬、引け」

鷹矢が大声をあげた。

「ま、待ってくれ」

泣きそうな声を松波雅楽頭が出した。

「詫びる。詫びる。詫びるゆえ」

松波雅楽頭が手を突いた。

「虎の尾を踏んでから、頭を撫《な》でても遅いだろう」

鷹矢が拒絶した。

「麿の命だけで、堪忍してくれ」

一身と引き換えに、二条家を助けてくれと松波雅楽頭が願った。

「遅いということに気づいているのか」

「わかっている。重々承知のうえだ」

問うた鷹矢に、松波雅楽頭が首を縦に振った。

「ここまで来ているのだ。なにもなしで話を納めろとは言うまいな」

鷹矢が条件を出せと促した。

「…………」

松波雅楽頭が無言で思案に入った。

「官位を上げようではないか。従四位下侍従ならばいける」

従四位侍従は公家でいけば凡百であるが、武家としてはほぼ最高に近い。幕府でいえば、老中がそうである。大名が老中になったとき、官位は従四位に昇り、侍従になる。幕府でそれ以上にあがれるのは、将軍を除けば御三家、御三卿だけであった。

「そんなもの不要じゃ」

「なんと……」

にべもなくはねつけられた松波雅楽頭が驚いた。

「雅楽頭さま、武家に官位は価値がございませぬ」

温子が口を挟んだ。

「そんなはずはない。人ならば誰でも官位は欲しいはず……」

松波雅楽頭があり得ないと目を閉じた。

「官位なきは人に非ず」

「なるほど。公家と武士の違いはここか」

衝撃の余り松波雅楽頭が口走ったのを聞いた鷹矢が納得した。

「公家は名誉にこだわり、武家は知行を守る一所懸命を旨とする。これではすれ違って当然である」

鷹矢は背を向けた。

「明るいうちに大津《おおっ》へ着きたい」

「ま、まだ江戸へ」

松波雅楽頭が鷹矢を見上げた。

「行くぞ。ここで引く意味はない」

「雅楽頭さま、このままでは」

温子も慌てた。

二条大納言の後押しで実家は優遇されている。二条大納言が失脚すれば、実家もまちがいなく巻き添えを食う。

「一日、一日待ってくれ」

「待ったからどうなるというのだ」

松波雅楽頭の求めに、鷹矢が問うた。

「御所はんにお話をする。お話をして、大御所称号のことご助力をお願いしてみるよって、もう少しだけときを」

「ふむう」

鷹矢が唸った。

「では、一日だけ待とう」

「おおきにや」

喜んで松波雅楽頭が頭を下げた。

「ほな、帰るよって」

松波雅楽頭が急いで出ていこうとした。

「連れて行かれよ。それはおぬしの責任だ。このまま、放っていけば、南條どのの居場所はなくなるぞ。任に失敗した娘を、実家も受け入れてくれまい」

鷹矢が温子を指さした。

「あっ」

気まずそうに松波雅楽頭が温子を見た。

「己の策で差し出し、己の失策で役目を失敗した走狗《そうく》たる女ぞ。責任くらい取ってやれ。二条家で雑司女《ぞうしめ》のまねでもさせねば、死ぬぞ」

「面倒な……」

松波雅楽頭が温子を睨んだ。

「……………」

温子が目を伏せた。

「よいのか、南條どのになにかあったときは、禁裏で二条家の懐《ふところ》の浅さを言い触らすぞ。女一人許せぬような者が関白になれるのかとな」

「付いてこい」

温子を怒鳴りつけるようにして松波雅楽頭が出ていった。

「かたじけのうございました」

深々と温子が頭を下げた。

「達者での」

細作《さいさく》のまねをしていたとはいえ、弱い立場であった温子を、鷹矢は憎んでも嫌ってもいない。

去って行く温子を鷹矢は見送った。

# 第三章　公家の繋がり

## 一

老中首座は血筋でなれるものではなかった。

いや、細かいことを言えば、老中になれるのは五万石内外の譜代大名と決まっている。首座はそこから選ばれるのだから、血筋だと強弁しようと思えばできる。いかに優秀でも、外様大名や旗本は老中になれない。これからも老中は血筋が必須ではある。

しかし、家柄だけで執政になれない。いかに幕府が家柄と譜代を大事にしても、馬鹿に政を任せるほど愚かではない。

十年先を見こせない者に政を任せてはいけない、今現在を理解できない者に政をさせてはいけない、過去を経験にできない者を政にかかわらせてはいけない。これはいつの世も守らなければならない不文律であった。

それでも往々にして、ふさわしくない者が執政の座に就く。縁故であったり、寵《ちょう》愛《あい》であったり、いろいろな理由があるとはいえ、それは天下に不幸を呼んだ。

「どれだけ後始末をすれば終わるのだ」

老中首座松平越中守定信が、怒りの声をあげた。

「田沼主殿頭め、幕政を壟断《ろうだん》しただけでも許しがたいのに、財政をここまで疲弊《ひへい》させるとは……」

勘定方が出した幕府が現在備蓄している金銀の嵩《かさ》を記した金蔵目録が、松平越中守を打ちのめしていた。

「幕府を建て直すには、金が要る。余の考える幕府百年の計には、何十万両という金がかかる。幕府は力で天下を治めるのが決まり。軍備を整え、旗本たちを養ってこそ、天下の諸大名は徳川に頭を垂れ、従うのだ。それがどうだ、旗本は金に溺《おぼ》れ、武芸を疎《おろそ》かにし、怠惰《たいだ》に流れている。このままでは幕府は百年保《も》たぬ」

「…………」

松平越中守の憤懣を家老斎藤靫負《さいとうゆきえ》が黙って聞いていた。

「印旛沼《いんばぬま》など埋め立てられるものではない。少し調べればわかることではないか。それをせず、数十万両を浪費した。この金があれば、どれだけ余の思いが果たせるか」

「………」

怒っている主君というのは質《たち》が悪い。諫《いさ》めただけで怒りを買うこともある。なにか意見を口にするにしても、頭に昇った血が少し降りるまで待つのが得策であった。

「おかげで、まず幕府の金蔵を引き締めるところから始めなければならなくなったではないか」

たしかに出費を抑えるのは、倹約の基本である。

「そののちに、入るを計らねばならぬ」

しかし、倹約だけで金を貯めるのは難しい。いくら減らそうとしたところで、旗本、御家人の知行や扶持は変わらないのだ。少し出るのを絞ったところでそれで蔵がいっぱいになることはなかった。

「何年、いや、何十年かかるか。余の目指すところまでいくには」

松平越中守がため息を吐いた。

「……問題はだ」

そこまで興奮していた松平越中守が一気に冷えた声になった。

「殿……」

急変に黙って嵐が過ぎるのを待っていた家老斎藤靭負が声を漏らした。

「上様が、余を排除しようとなさっている」

「そのようなことはございますまい。殿なくして、幕府は回りませぬ。殿なくして、この乱れた幕政、崩れた財政をどうにかできるお方はございませぬ」

斎藤靭負が首を左右に振った。

「そこが上様のお若さよ。政の難しさがわかっておられぬ。ああせい、こうしろと命じていれば、将軍の威光で天下は安泰だと思っておられる」

「将軍ご親政でございますか」

聞いた斎藤靭負が唖然とした。

「将軍親政などできるものではない。八代将軍で吾が偉大なる祖父である吉宗公が、幕府を見事に建て直されたのは、将軍親政だったからではない」

松平越中守が続けた。

「吉宗さまが、世間をご存じだったからだ。紀州家の四男として認められず、家臣の屋敷でお育ちになった吉宗さまは、庶民の暮らしを、ものの値段を、商いの根本を見て来られた。いわば、実際を経験されていたからこそ、的確なご指示を出され、崩れかけた幕府は一息吐けた」

「……………」

吉宗と家康は徳川でも格別の扱いを受けている。いかに松平越中守の家老とはいえ、迂闊《うかつ》な同意や反発は避けるべきである。

斎藤靭負は黙って聞いていた。

「それを一橋の館とお城しかご存じない上様がなさるなど……」

最後まで言わなかったが、その苦虫をかみつぶしたような顔つきから、松平越中守がなにを思っているかは、一目瞭然であった。

「上様もいかがかと思うが、周りが悪い。上様に取り付き、寵愛を得ようとする者が多い。かつての柳沢吉保や間部《まなべ》詮房《あきふさ》、田沼意次と同じ思いをしたいと考えておる」

一層松平越中守の表情が険しくなった。

「余が邪魔なのだ、そやつらはな」

松平越中守が述べた。

老中といえども、将軍の側近には気を遣う。かつて五代将軍綱吉の寵愛を受けた柳沢吉保や十代将軍家治の信頼厚かった田沼意次などは、お側御用人になる前から、老中でさえ遠慮するほど大きな力を発揮していた。これは将軍の側に居て、信頼を一身に受けているだけに、その言葉の影響力が強いためであった。

「老中の某《なにがし》は、上様のご命を軽んじておりまする」

「何々守は、政にはふさわしくないかと」

こう寵愛の臣が将軍に囁《ささや》くだけで、老中の首が飛ぶ。

臣下最高の権力者である老中でさえ、寵臣には遠慮する。それが松平越中守にはなかった。

松平越中守定信は、田安家の出で吉宗の孫なのだ。いかに寵臣といえども讒訴《ざんそ》するのは危険であった。事実にしたがって訴追したならば、どのような結果が出ても問題ないが、冤罪《えんざい》あるいは讒言《ざんげん》だったとき、そのしっぺ返しは強い。

「吉宗公のお血筋に傷を付けた」

こうなると将軍でもかばいきれない。もっとも普通の大名や旗本なら改易《かいえき》のところを、お役ご免あるいは減封《げんぽう》ですませることはできるが、無罪放免は無理であった。もし、無罪にすると、家斉への批判が強くなる。傍系の出で将軍になって間もない家斉は、まだ幕府を把握しているとは言いがたい。今、御三家や有力な譜代大名を敵にするわけにはいかない。

「余になにかできるのは、上様だけ。それも誰が見てもわかるような明確な名分がないとならぬ」

将軍だからといって、なんでもできるわけではない。とくに家斉のような、分家から本家へ入った将軍は、交代要員があるだけに基盤は弱い。

「その名分を上様は手に……」

家にかかわることである。さすがに斎藤靭負も黙ってはいられなかった。

「大御所称号じゃ。上様より時々催促がある」

「催促があるということは……」

「うむ。あきらめていないということだ」

家臣の確認に、松平越中守がうなずいた。

「将軍の命を果たせなかった。いや、果たそうとしなかったとなれば、老中首座を解任しても当然であろう」

「たしかに」

主命はかならず果たすべしが、武家の基本である。斎藤靭負も同意した。

「先日も上様より、どうなっているとのお言葉があった」

「気になさっておられる」

「というより、確認したという感じであったな。大御所称号がどうしてもといった強い想いはなかった。お若い上様は、その辺が甘い」

表情に出ていたと松平越中守が告げた。

「最初は本気で願っておられたのだろうな。それが朝廷から拒否されたことで変わった。朝廷が拒んだものは、よほどのことがない限り、ひっくり返らぬ。朝廷にも意地というものがある。いや、意地しかないというべきか」

松平越中守が口の端をゆがめた。

「誰の入れ知恵かの」

「入れ知恵……」

斎藤靭負が顔色を変えた。

「余を追い落とすいい手段になると入れ知恵されたので動かれた。まったく、素直なお方じゃ」

笑いを松平越中守が消した。

「上様が一橋の当主であられたならば、素直は美徳になった。だが、将軍は素直では困る。将軍は天下すべてを統《す》べる者。素直ではとても務まらぬ。今でも裏で操られておられる。まだまだ愚かであられる」

松平越中守が一度言葉を切った。

「やはり、あのお方では軽すぎる。そろそろ余も動くかの。似合わぬ役目から、家斉を解放してやるか」

「殿……」

斎藤靭負が主の発言におののいた。

「将軍の望みを叶える。これも老中首座の任である。だが、能力のないお方をその座から外し、ふさわしいお方を迎えるのもな。いやこれこそ、老中首座にしかできぬ仕事」

冷たい声で松平越中守が述べた。

「靭負」

「……はっ、はい」

巌《いわお》のような松平越中守の雰囲気に、斎藤靭負が吞まれた。

「大御所称号にしても、新しい上様をお迎えするにも、朝廷の承諾が要る。禁裏を思うがままに動かさねばならぬ。京におる者へ連絡を」

「どのように」

「霜月織部《しもつきおりべ》か、津川一旗《つがわいっき》のどちらかを江戸へ呼び出せ。あの者たちならば、江戸まで七日かかるまい」

「早速に飛脚を出しまする」

主君の命に、斎藤靭負が手を突いた。

顔色を変えた二条大納言から相談された水戸徳川家京屋敷用人中山主膳《なかやましゅぜん》は、頭を抱えていた。

「いかに先代さまの娘婿だとはいえ……」

面倒を持ちこまれた中山主膳はため息を吐いた。

「禁裏付を交代させてくれと言われてものう」

中山主膳が難しい顔をした。

二条治孝は前藩主徳川左近衛権中将宗翰《さこのえごんちゅうじょうむねもと》の次女嘉姫《よしひめ》を正室に迎えている。義理とはいえ、現藩主徳川右近衛権少将治保《うこのえごんしょうしょうはるもり》の弟になる。無視できる相手ではなかった。

「水戸家は政にかかわらぬ」

徳川幕府は、一門を政から切り離していた。御三家、御三卿は、老中に就任できないどころか、政いっさいに携《たずさ》われない決まりであった。

これは血筋と権力を一纏《まと》めにすることで、強力な一門が生まれるのを幕府が避けようとしたのだ。なぜならば、幕府にとって怖ろしいのは、百万石の前田家でも戦国最強の島津家でもなく、本家になりかわることのできる分家、一門衆であった。

徳川が代々嫡子相続を重ねて来たのならば、まだよかった。嫡流でない分家が本家になりかわろうとしても、前例が許さない。

しかし、徳川将軍家が嫡子で継いで来たのは、わずかに四代までであった。四代将軍家綱《いえつな》に子供がなかったため、五代将軍を傍系から選ぶしかなくなったのだ。

やむを得ない処置であったはずだが、次も同様になってしまった。

五代将軍綱吉の子供が死に、六代将軍を分家から迎えざるをえなくなった。

幸い六代から七代は嫡子相続できたが、七代から八代でまたも系統が切れた。しかも今回は、四代から五代が兄から弟、五代から六代が叔父から甥と近いところでの継承ですんだが、七代から八代はまったく血縁ではないと言えるほど遠かった。

八代将軍となった吉宗は、御三家紀州徳川家の当主で、その血筋が将軍家から離れたのは、神君家康公からという遠いものであった。

そう、天下を統一し、幕府を開いた徳川家康の血を引いていれば、誰でも将軍になれるとの証明がなされたのである。

万一に備えて、御三家を作り、本家が絶えたときの予備とするとの考えは、家康の思惑通りにその役目を果たした。

その恩恵をもっとも受けた吉宗は、己以降にそれを使う者がでないよう、御三家よりも将軍継承において格上になる格別の家を立てた。

吉宗の子供たちを分家させた田安と一橋、九代将軍家重の子供を当主とした清水の御三卿である。これは吉宗の血筋で、今後も将軍を受け継いでいこうとするのが目的だとされている。が、そこには裏があった。

吉宗は御三卿を創立するとともに、他の一門が力を持てないよう規制を強化した。それが御三家、越前松平家などの棚上げであった。

もともと御三家は将軍を出せる家柄として、最大の敬意をもって遇された。とはいえ、政務を執る御用部屋からはもっとも離れており、まさに敬して遠ざけるを地でいっていた。

問題は家康の次男秀康を祖とする越前松平家に代表される溜まりの間詰めであった。越前松平の他、会津《あいづ》松平、彦根《ひこね》の井伊《いい》など徳川でも名門中の名門が控える溜まりの間詰めは、臣下最高の場所とされていた。その任は将軍の諮問《しもん》に答えることであり、幕政にも大きな影響力を持っている。その溜まりの間詰めを、在位中一度も頼らなかったことで吉宗は飾りにした。

「幕府は一門を警戒している」

中山主膳が呟《つぶや》いた。

「とくに今は、一橋民部さまの大御所称号のことで、執政衆の気が立っておられる。そこへ、御三家が禁裏付の交代を求めるなど……要らぬ刺激を与えるだけぞ」

松平越中守定信は、もと御三卿田安家の出である。子供を失った十代将軍家治の跡継ぎとして名前が出たこともある。家治の寵臣田沼主殿頭意次と仲違いしたことで、その資格を奪われ、白河松平へと追いやられた。その後、石にかじりつくような思いをして、松平越中守定信は一門では届かなかった老中になった。

「かといって、二条家を向こう側に取りこまれるのもまずい。いずれ御三卿を潰すとき、朝廷を後ろ盾にせねばならぬかも知れぬ」

水戸徳川家だけではなく、御三家はすべて御三卿を嫌っていた。当たり前であった。今まで、将軍を出せる格別な三家であったのが、御三卿ができたおかげで格落ちを喰らったのだ。

さすがに将軍を出す資格までは奪われなかったが、それでも御三卿の次とされた。このことに怒りを抱いていない御三家はいなかった。

「どうするかのう」

中山主膳が悩んだ。

「東城典膳正であったかな、禁裏付は。なんとかして江戸へ帰す方法はないか。大きな失態でもしてくれれば、あの厳しい松平越中守さまじゃ。かならず典膳正を召喚なさろうほどに」

腕を組んで中山主膳が思案した。

「女は駄目だった……となると金か」

中山主膳が鷹矢を買収するかと考えた。

「買収するにもどれほどの金を積めばいいかわからぬな」

役人に賄賂を贈るのは難しい。

相手が思っているよりも少なければ効果は薄いかないし、多すぎれば次からの要求が高くなる。

「そもそも禁裏付を買収して、当家に得はない」

水戸家は京になんの利権も持ってはいない。もともと二代藩主徳川権中納言《ごんちゅうなごん》光圀《みつくに》が、皇室を崇敬《すうけい》する余り、公家たちとの交流を図るために屋敷を建てただけで、これによってなにか得をしているというわけではなかった。

「二条家の扶助だけで、金を遣うのもいかがなものか」

用人としては、厳しい藩財政を好転させるためにも、無駄遣いは避けたい。

「表に出せぬ金をどうやって認めさせる」

賄《まいない》など、正式な藩の予算には含まれていない。とはいえ、まったくないわけではなかった。江戸藩邸が藩士の不祥事に備えて支払っている町奉行所役人たちへの挨拶金など、表に出せないものもある。

「いっそのこと、片付けるか」

物騒なことを中山主膳が口にした。

「金を遣わずにすむが……問題は二条家だな。公家は尽くされることになれている。してもらって当然では、こちらは損だけだ」

中山主膳は嘆息した。

「独断するのは止めるべきだな。なにかあったときに切り捨てられる。所司代用人佐々木伝蔵の二の舞はごめんだ」

京に屋敷を持つ大名は少ない。それだけにつきあいは濃くなる。とくに屋敷を実質差配する用人同士の交流は深い。

戸田因幡守が用人佐々木伝蔵を町奉行所から救い出さなかったことは、すでに広まっていた。

「……誰ぞ、江戸まで使者に立て」

中山主膳が筆を用意しながら、声をあげた。

## 二

行列を仕立て、槍を先頭に京の町を闊歩《かっぽ》する。京の住人に、幕府の威厳を見せつけ、公家に逆らえば武力を使うぞと脅しをかける。武威も禁裏付の役目の一つであった。

「禁裏付東城典膳正どの」

門番を務める仕丁が大声で、鷹矢の出務を報せた。

「……どうぞ」

案内の仕丁が、鷹矢を日記部屋へと先導する。

毎日通っているのだ。目をつぶっていてもまちがうことはないが、これも決まりごとである。

「うむ」

鷹揚にうなずいて、鷹矢は仕丁に従う。

日記部屋は禁裏の裏方を支配するところと言える。ここで禁裏の経済を預かる内証の書付は仕上げられ、幕府の監察を受ける。内証を担当する蔵人、その配下の仕丁などが詰めている。

「…………」

入ってきた鷹矢に、すでに仕事を始めている蔵人たちは目をやるだけで、声をかけない。

「うん……」

鷹矢が日記部屋の雰囲気が変わっていることに気づいた。

「そうか」

誰よりも噂好きで、どこよりも狭い公家の日常である。鷹矢のもとへ松波雅楽頭が行き、顔色を変えて帰ったことや、禁裏付役屋敷で、勘定を預かっていた南條蔵人の次女温子が、いなくなったことなどを一同は知ったのだ。

理由をわかった鷹矢が納得した。

「さすがに早いな」

松波雅楽頭との遣り取りまで知っているとは思えないが、それでも今までの禁裏付とは違うと感じるには十分だったのだろう。

「典膳正はおるか」

出されたお茶を喫し終わったころ、武家伝奏広橋中納言前基《ぶけてんそうひろはしちゅうなごんさきもと》が日記部屋へと顔を出した。

「中納言さま、ここに」

禁裏付の座は決まっている。いるかどうかなど、一目でわかる。それをわざわざ大声で確認する広橋中納言に鷹矢は心中であきれた。

「おう、そこにおるか」

公家らしくない足音を立てて、広橋中納言が近づいてきた。

「なにか御用でございますか」

鷹矢は尋ねた。

広橋中納言の家職、武家伝奏は朝廷と幕府を結びつけるものだ。禁裏付とも緊密なかかわりを持つが、あからさまに松平越中守から送りこまれたとわかる鷹矢を避けたのか、何度か話をしたていどで、交流はあまりなかった。

「そなたたち、少し外せ」

広橋中納言が、日記部屋にいた蔵人と仕丁を他人払いした。

「……よかろう」

日記部屋から一同が出て行くのを確認して、広橋中納言が鷹矢へと顔を向けた。

「典膳正、そなたなにをした」

立ったままで広橋中納言が詰問した。

官位では従三位にあたる広橋中納言が上だが、禁裏における役職としては禁裏付が上役になる。座りもせず、上から見下ろすようなまねは非常な無礼になる。それを広橋中納言は気づかないほど興奮しているのか、わざとなのか、鷹矢には判断が付かなかった。

「お座りあれ」

少しは落ち着けとの意味をこめて、鷹矢が忠告した。

「座っておられるか。そなた松波雅楽頭をどうしたのだ」

「松波雅楽頭どのを私がどうにかできるのでござるか。あの御仁は摂関家二条家の家宰でございましょう」

鷹矢が首をかしげて見せた。

「むっ」

言われた広橋中納言が詰まった。

鷹矢が言ったのは、松平越中守の家老をどうにかできるかというのと同じであった。家老ならば鷹矢が上になるから、どうにでもできるが、その主である松平越中守の権力は、鷹矢で及ぶものではない。そんなまねをして、鷹矢が無事でおられるはずはない。

「なにをしたとお問いになるならば、なにがあったかをお教えいただかねば困ります。なにもないのに責任を押しつけられては困りますゆえ」

「………」

正論に広橋中納言が黙った。

「なにもなかったのではございませんな。なにもなければ、中納言さまがわざわざ日記部屋まで足を運ばれるはずはございませぬ」

「それは……」

広橋中納言が詰まった。

「なにがございました」

逆に鷹矢が訊いた。

「な、なにもないわ」

声を大きくして広橋中納言が否定した。

「麿は多忙じゃ」

そちらから来ておいて、広橋中納言が逃げようとした。

「待て」

鷹矢が強い口調で命じた。

「な、なんじゃ。無礼でおじゃるぞ」

広橋中納言が鷹矢の言葉に文句を付けた。

「禁裏付として問う。なにがあった」

「うっ……」

禁裏付は公家の目付である。その指示は幕府からのものに等しい。

「ま、麿の勘違いであった」

まだ広橋中納言が逃れられるとあがいた。

「なにがあった」

「いや、なにもない」

広橋中納言が必死で首を左右に振った。

「禁裏付としてもう一度問う、なにが気に障《さわ》った」

言い方を鷹矢は変えた。

「…………」

広橋中納言が、窺うような目で鷹矢を見た。

「…………」

鷹矢は感情を表に出さないようにして、見つめ返した。

「江戸へ報せるぞ」

もう一歩押す意味で、鷹矢が伝家の宝刀である松平越中守の名前を出した。

「ひっ」

広橋中納言が悲鳴をあげた。

「大御所称号でも役に立たず、今回は禁裏付を甘く見た。はたして松平越中守さまは見逃されようか」

松平越中守は厳しい。

「武家伝奏を代えよ」

朝廷に要求するくらいはする。

武家伝奏は実入りの多い役目である。幕府から朝廷工作を預けられているようなものだけに、気遣いもしてもらえる。武家伝奏は天皇に幕府がなにかを仕掛けない限り、味方といえるのだ。

「松波雅楽頭が、洛北の屋敷に引きこもった。表向きは体調不良ということだったが、その旅立ちを見た者によると、まるで幽鬼《ゆうき》のような足取りであったとか。あの松波雅楽頭だぞ。二条家を取り回し、他の摂家を押さえ、朝廷に影響を及ぼす。朝議に出られない身分ながら、裏で操っている。雅楽頭によって痛い目に遭わされた公家、商家は数知れず。二条の当主の頭を叩《はた》いても、雅楽頭の機嫌は損ねるなとまで言われたのが、やつれ果てていたという」

広橋中納言が述べた。

「なにがあったかと思っておったら、先日、松波雅楽頭が、禁裏付どのを訪ねたというではないか。そこで……」

「なにをしたかと問い詰めに来た」

「ああ」

確かめた鷹矢に、広橋中納言が首肯した。

「けっこうでござる」

鷹矢は広橋中納言から目を離した。

「もう、よいのか」

広橋中納言が確かめた。

「はい」

「そうか」

うなずいた鷹矢に、大きく息を吐いて広橋中納言が背を向けた。

「……典膳正」

日記部屋を出かけたところで広橋中納言が足を止めた。

「なにでござる」

「あまりやり過ぎぬことじゃ。禁裏は深いぞ」

こちらを見ることなく告げて、広橋中納言が去って行った。

「やり過ぎぬか。どこまでがよくて、どこからがやり過ぎなのか、誰か教えてくれ」

鷹矢はぼやいた。

松波雅楽頭の病気療養はよほどの大事だったのだろう。禁裏は大きく動揺していた。

「おもしろいでっしゃろ」

あれ以来、帰りにはいつも禁裏付役屋敷に寄る土岐が、笑った。

「なにがおもしろいものか。まるで怖いものを見るような目をして怯《おび》えられるのだぞ」

「しゃあおまへん。ほんまに怖いんですよってな」

鷹矢は嘆息した。

「…………」

言われた鷹矢は天を仰いだ。

「まあ、今までの禁裏付はんが甘かっただけですわ」

　土岐が笑いを消した。

「なんもせんでも五年で江戸へ帰れる。その後は出世が待ってる。こんな楽な役目はおまへんやろ。変に波風立てて、問題になるよりは、沈香《じんこう》も焚《た》かず、屁《へ》もこかずが無事ですよってな」

　今どきの旗本の性質を土岐は見抜いていた。

「広橋中納言さまより、釘を刺された。禁裏の闇は深いと」

「闇なんぞ、どこでも同じでんがな。足を突っこんでみないと、深いか浅いかわかりまへんやろ。もっとあると思ってたら膝までやったということもおます」

「代わりに、頭まで沈んで二度と浮かばないこともある」

　簡単なことだと言う土岐に、鷹矢は反論した。

「…………」

　土岐がにやりと笑った。

「なあ、典膳正はん。頭まで沈んだ者がどうなるか、ご存じでっか」

「溺れ死ぬのだろう」

　問いに鷹矢は答えた。

「たしかに死ぬ者もいますわな。でもそれ以上に闇に染まる者のほうが多いんでっせ」

「闇に染まる……」

笑いながら言う土岐を鷹矢は見た。

「はいな。とくに白いものほどよう染まります」

「……」

土岐の言葉を鷹矢は考えた。

「闇が朝廷ならば、白いものは……幕府だというか」

「ほな、ごめんやす」

鷹矢の確認には応じず、土岐が出て行った。

「なにを考えている」

土岐の行動に、鷹矢は困惑した。

日記部屋を出た土岐は、掃除の道具を持ち清涼殿《せいりょうでん》の奥へと向かった。

本来、天皇がお住まいになる御殿は、毎回新しい白絹を下ろして拭く。しかし、そんな贅沢をする余裕など、武家の台頭とともに失われ、今では安い麻布や綿布を破れるまで使っていた。

「……………」

何度洗っても薄墨で染めたようになった綿布を痛ましげに見た土岐が、清涼殿の柱の前で足を止めた。

「始めまひょ」

掃除を開始するとの合図にしては、少し大きな声を土岐が出した。

清涼殿は、天皇が日常の生活をおこなう場所であった。それがやがて儀式に使われるようになり、室町のころから天皇は清涼殿に近い常御殿《つねごてん》で生活を送るように変わっていた。

その清涼殿と常御殿を結ぶ渡り廊下の側で、土岐は掃除をしていた。

「土岐」

渡り廊下に光格天皇が現れた。そこから見える御所の庭を見ている体《てい》で、光格天皇が土岐に意識を向けた。

「ご報告が」

一心に柱を拭きながら、土岐が鷹矢が襲われた一件から、松波雅楽頭の療養までを報告した。

「二条大納言が……手足を失ったか」

「へい。雅楽頭がおらんようになったら、大納言はんはまともに動けまへん。なんやかんやいうたところで、大納言はんも御簾内《みすうち》のお人ですよって」

御簾とは、貴人の顔を直接見られないようにした垂れもののことだ。内側からは外が見えるが、外からはなかを知ることはできない。

しかし、絶えず御簾内にいて世間に出ないと、外が晴れているのか降っているのか、わからなくなる。転じて、御簾内とは世間知らずという意味であった。

「朕《ちん》も同じじゃ。そちがおらねば、外で何があるかなどわからぬ」

光格天皇が首を左右に振った。

「やはり女房たちも……」

天皇の身の回りをする者を女房と呼び、実家の格などでどこまでできるかなどが決まっている。天皇はほとんど一日、女房たちに囲まれて生活していた。

「それぞれの家の思惑があるゆえな。身分低き者は、朕に忠誠を捧げてくれるが、家柄から勾当内侍《こうとうのないし》などに遠慮せねばならぬ」

土岐の危惧に、光格天皇が首肯した。

「のう、土岐よ」

光格天皇が一瞬だけ土岐を見て、目をそらした。

「朕は望みを持ってはならぬのか」

「……………」

土岐が絶句した。

「閑院宮にいたころも、欲しいものはなかなか手に入らなかった。貧しかったからの」

「今上さま……」

寂しそうな光格天皇に、土岐が情けなさそうな顔をした。

「だが、それでも十の願いのうち一はかなった」

宮家は貧しい。天皇の一族でありながら、家禄は摂関家におとる。なにより飛鳥井《あすかい》の蹴鞠、冷泉《れいぜい》の歌道のように家職を持たないため、余得もない。それこそ、冬に使う炭でさえ足りなくなるほどであった。

「だが、至高の座に就いたときより、朕は望みを口にできなくなった。唯一願った父の太上天皇号が、幕府の拒絶にあっただけでなく、朝廷に波風を起こしてしまったからじゃ」

光格天皇が目を閉じた。

「腹いせに、一橋民部の大御所願いを蹴飛ばしたのも悪かったな。あれと引き換えに、幕府からなにかを取るべきであった。朕はまだ青い」

小さく光格天皇がため息を漏らした。

「しかし、一度天皇が決めたのだ。それを覆《くつがえ》すわけにはいかぬ」

「はい」

土岐も殊勝な顔でうなずいた。

「……土岐よ」

「はっ」

「幕府の真意をどうにかして探れぬか」

「真意でおますか」

訊かれた土岐が怪訝な顔をした。

「そうだ。幕府が本気で一橋民部に大御所称号を欲しがっているかどうかをだ」

「欲しがってもないのに、くれとは言いまへんやろ」

土岐が違うのではないかと口にした。

「普通ならばそうだがな。称号というのは荷物にならぬであろう」

光格天皇が苦笑した。

「土地だ、金だ、宝だ、官位だとなれば、いろいろなものがついて回る」

「たしかに仰せの通りで」

土岐が納得した。

「しかし、称号にはなにもない。ただの呼び名だ」

「ですけど、太上天皇は……」

光格天皇が求めた閑院宮典仁親王への太上天皇号を幕府が拒んだのは、それにともなう出費を嫌ったからであった。

太上天皇は前の天皇に与えられる称号である。退位した天皇には仙洞御所などの別宅が与えられ、その生活を維持するだけの人員と費用が要った。

「朕は、一度も父を上皇として扱えなどと言ってはおらぬ」

なんとも言えない顔を光格天皇がした。

「……ああ」

土岐が驚きの声をあげた。

「どうした、爺《じい》には珍しいな」

光格天皇が昔の呼び方をした。土岐はまだ光格天皇が閑院宮家にいたころから仕えていたもので、その即位に連れて禁裏へと移っていた。

「す、すいまへん」

密談中に声を大きくするなど、失態であった。土岐が詫びた。

「朕もわかっている。朝廷に金がないことを。幕府の金がなくなりつつあることを。そんなときに新たな御所建設なんぞありえぬとな……」

そう言って光格天皇が目を閉じた。

「思い出すぞ。閑院宮家での日々を。朝は麦飯にぬか味噌汁、それに根深《ねぶか》の香々《こうこ》、昼は麦飯と菜の煮たのに香々、そして夜は麦飯と香々だけ。冬は寒さをしのぐため、一日夜具にくるまり、風呂は薪代を節約するため、五日に一度で、それ以外は水浴びやった」

「…………」

思い出して語る光格天皇に、土岐はうなだれた。

「あのころは、一度でいいから白米を鮎の干物をおかずに、腹一杯になるまで食してみたいと願っていた。ああ、これは今でも同じだがの」

光格天皇が笑った。

「貧しいのが当たり前なのだ、宮家は。天皇の子でありながら、皇位を継げぬ者たちが宮家になる。つまり宮家は天皇家が養わねばならぬ。だが、その力などない。助力してやれぬのならば、せめて気持ちだけでもと思ったのが、太上天皇号を父に許すことであった。天皇になれなかった父への詫びのつもりであった」

宮家は徳川将軍家における御三家、御三卿のようなものである。皇統に継承者がなかったとき、宮家から天皇が出る。今回の継承でも、光格天皇ではなく、父の閑院宮典仁親王が選ばれても問題はなかった。

「父の気持ちを慰《なぐさ》めたいだけだったのだがな……」

光格天皇がため息を吐いた。

「天皇の一言が重いと、身に染みた」

辛《つら》そうに光格天皇が頬をゆがめた。

「なんで、こんなことに気がつかなかったんやろ」

土岐が後悔した。

「申しわけもございませぬ」

平伏して土岐が謝罪をした。

「いや、我慢できなかった朕が悪い。天皇になれば、なんでもできると思ってしまったのがな」

「今上さまがお悪いなどとんでもない。支えるべき周りの失敗でございまする」

土岐が否定した。

「……土岐」

光格天皇が平伏して肩をふるわせている土岐を泣きそうな表情で見つめた。

「かといって朕が幕府へ頭を下げるわけには参らぬ」

「当然でございまする」

土岐が顔をあげた。

天皇は神であり、日本でもっとも尊い人物である。たとえ相手が天下人である徳川家でも、天皇が謝るというのはありえなかった。

「どうにかなるか」

「なんとでもいたしまする。お任せをいただきますよう」

かしこまったままで土岐が引き受けた。

「すまぬの。頼むぞ」

言い終わった光格天皇が、渡り廊下を戻っていった。

「…………」

平伏したまま見送った土岐は、しばらく顔を伏せたままであった。

「長くお仕えしておきながら、御心を知らなかったとはの」

土岐が息を吐いた。

「どうするかやな」

掃除を再開しながら、土岐が独りごちた。

「今更、幕府へ詫びをいれるわけにもいかへん。幕府が頭を下げてくれれば、それを利用して、話をまとめられるんやけどなあ」

土岐が悩んだ。

「やけど、このまま今上さまにお悩みいただくわけにもいかぬ」

険しく土岐が眉間にしわを寄せた。

「太上天皇号だけを認めさせ、大御所称号をあきらめさせる。これができたら最高やけど、それほど幕府は甘うない」

幕府の面目は丸つぶれになる。それができるとは土岐も思っていなかった。

「かといって太上天皇号は帝《みかど》の求めや。これだけは絶対ゆずられへん」

鎌倉幕府以来、武士が天下を握り、朝廷は神輿《みこし》扱いしかされなくなった。過去には勅意を幕府がないがしろにした例もあるが、勅意はすべてを凌駕するものでなければならなかった。

だからこそ、勅意、勅諚《ちょくじょう》は滅多に出されない。もし、否認されでもしたら朝廷の権威は地に落ちる。だから女房奉書のように、天皇の意を汲《く》んだ文書を作成、拒絶されても権威に傷がつかないようにしている。

「となると、どうやって幕府に認めさすかやな」

綿布を動かしながら、土岐が考えた。

「大御所称号なんぞ、どうでもええ。太上天皇号を認めるんやったら、そんなもんくらいくれてやったらええ」

土岐に、いや朝廷に属する者たちにとって、大御所などという武家の称号など、明日の天候よりも軽い。

「とにかく、まずは朝廷の意思を一つにすることからや」

掃除していた手を止め、土岐が立ち上がった。

三

身分を偽った将軍家斉の使者が京都所司代下屋敷に着いた。

「大坂城代助番留め役でござる」

遠国へ赴任する者は、京都所司代での休息、宿泊が認められている。さすがに大坂城代ともなると、行列を仕立ててとなるため、随行している家臣たちすべてが所司代下屋敷に入るのは難しい。助番留め役は五百石ていどの旗本が任じられる右筆《ゆうひつ》のような役目で、その赴任は己と少数の家臣だけですんだ。

「京都所司代戸田因幡守である」

「お初にお目にかかりまする。大賀宮内でございまする」

所司代下屋敷で滞在する者は、まず最初に京都所司代に挨拶をするのが決まりであった。

「大賀宮内……聞かぬ名じゃの」

戸田因幡守が首をかしげた。

「因幡守さま、他人払いをお願いいいたしたく」

「……他人払いをせよと申すか」

大賀宮内の頼みに戸田因幡守が目を細めた。

「御休息の間よりの御指図でございまする」

将軍居室からの使者と大賀宮内が匂わせた。

「…………」

聞いた戸田因幡守が沈黙した。

「因幡守さま」

黙った戸田因幡守を大賀宮内が促した。

「わ、わかった」

戸田因幡守が警固の小姓たちを下げた。

「これでよいか」

「結構でございまする」

確認した戸田因幡守に、大賀宮内が首肯した。

「座も変えるか」

相手が将軍の使者ならば、戸田因幡守は下座に着かなければならない。

「密命でござれば、そのままでよろしかろうと」

正式な使者ではないと、大賀宮内が否定した。

「早速でございまするが、これを」

大賀宮内が懐から書状を出した。

「拝見つかまつる」

姿勢を正して、戸田因幡守が受け取った。

「……………」

じっと戸田因幡守が書状を読んだ。

「……たしかにご花押《かおう》を確認いたしましてござる」

ていねいな口調で戸田因幡守が書状を押しいただいた。

「大賀どのよ」

戸田因幡守が呼び方を変えた。

「なんでござる」

「上様から事情は聞いておられるか」

質問を促した大賀宮内に、戸田因幡守が尋ねた。

「もちろんでござる」

大賀宮内が首を縦に振った。

「では、よろしいのでございまするか。大御所称号を求めないとのことでございまするが」

戸田因幡守が確認した。

「それよりもまずは、松平越中守の排除を優先すべきだとのご台慮《たいりょ》でござる」

大賀宮内が告げた。

「このままでは、上様によるご親政は遠のきましょう」

「それはお考えの通りでございましょうな」

戸田因幡守も同意した。

「上様へ隔意を抱いておるものが、執政筆頭の老中首座にあるなど論外でございましょう」

「まったく」

大賀宮内の言いぶんを戸田因幡守は認めた。

「承知いたしましてございまする。戸田因幡守、ただいまより上様のご指図に従い奉りまする」

上座にいながら、戸田因幡守が手を突いた。

「承りましてござる。江戸へ戻り、上様に因幡守さまのご決意をご報告申しあげましょうほどに」

大賀宮内が称賛した。

「いかがでござるかの。京の一夜をご堪能《たんのう》いただきたいと思うが」

戸田因幡守が大賀宮内を誘った。

「是非にお世話になりましょう。都まで来ていて、なにもせずに帰るのは味気がなさすぎますゆえ」

「では、用意をいたしましょう。誰ぞあるか」

戸田因幡守の呼び出しに家臣が顔を出した。

「留守居役に申しつけよ。今宵、下屋敷で宴《うたげ》を催《もよお》すとな」

「はっ」

顔を出した家臣が、うなずいた。


二条家からの要請をどうするべきかという問い合わせへの返事が京へ着いた。

水戸家京都屋敷用人中山主膳が小さく首を振った。

「従えか」

「江戸はいつもそうだ。簡単に言ってくれるが、やるほうはたいへんなのだと気づいていない」

中山主膳がぼやいた。

「相手は五百石ほどとはいえ、旗本なのだぞ」

腹立たしげに、中山主膳が吐き捨てた。

水戸徳川家は徳川家康の十一男頼房《よりふさ》を祖とする。徳川御三家のなかでは、末席ではあるが、旗本がしらという役目を預かる格別の家柄であった。

加賀の前田や薩摩の島津、彦根の井伊などのように、徳川の家臣ではない。そのはずであった。尾張徳川、紀州徳川、水戸徳川は、ご一門として扱われ、将軍からの扱いもいい。

その御三家が変わった。

御三卿ができたことで、臣下へと一段下げられた。

もちろん、将軍や幕府が「本日より御三家は臣下となす」などと公布したわけではない。しかし、十代将軍家治の跡継ぎが御三卿の一橋から出たことで、御三家は将軍と幕府の意図を悟った。

十一代将軍の選出に、御三家には一切の相談がなかった。相談、いや、候補の選出を求められもしなかった。

今まで三度、将軍家は直系嫡子のない状態での相続をおこなっている。

四代将軍家綱《いえつな》、五代将軍綱吉、七代将軍家継《いえつぐ》である。このなかで綱吉と六代将軍家宣にかんしては、綱吉の承諾があり家宣を養子としているので、御三家は無視していい。だが、それ以外は将軍の意思がない状態で相続がおこなわれた。

四代将軍家綱のときは、五代将軍綱吉以外に、水戸徳川綱條《つなえだ》や家綱の甥綱豊らの名前があがった。

七代将軍家継のときは、尾張徳川徳川吉通《よしみち》、紀州徳川徳川吉宗、家宣の異母弟館《たて》林《ばやし》藩主松平清武《きよたけ》の間で争われた。

そう、二度とも御三家のどこかが候補として言われていた。

それが今回の十一代将軍継承では、まったく蚊帳《かや》の外に置かれていた。

十一代将軍の選出は、老中で大老格だった田沼主殿頭意次と一橋家当主民部郷治済の二人によって進められ、御三家には声もかからなかった。

御三家に人がいなかったわけではないのにだ。

「幕府は御三家をないがしろにした」

御三家は当然反発した。が、すでに将軍世子として十代将軍家治が受け入れてしまっているのだ。どうしようもない。

とはいえ、わだかまりは残る。

今回、江戸屋敷から禁裏付東城典膳正鷹矢排除の指示が出されたのも、その影響があった。

「……面倒な」

中山主膳がもう一度ため息を吐いた。

「どうするかの」

二条家のこともある。あまり長くかまえているわけにもいかなかった。

「まずは禁裏付がどのような人物かを調べなければならぬ。その人となりを確認せねば、どのような手がふさわしいかわからぬでの」

思案を終えた中山主膳が決断した。

「東町奉行所与力の遠田《とおだ》どのに御足労を願え」

中山主膳が配下に命じた。

## 四

諸藩の京屋敷も町奉行所とのつきあいはあった。これは江戸における町奉行所出入りと同じで、洛中において家臣たちがなにかしでかしたときのもみ消しを頼むための繋ぎでもあった。

いわば諸藩の京屋敷も京町奉行所の顧客であった。

京は大坂ほどではないが、江戸に比べて武家の価値が安い。

大坂では金が、京では位がなによりであった。

しかし、京で町奉行所の役人が位をあげることは不可能であった。

となれば残るは金しかなくなる。金でいい思いをするしかない。それだけに顧客の要望を無視するわけにはいかなかった。

「ご要望に応じて、参上つかまつった」

東町奉行所与力遠田が、烏丸通下長者町西入る北の水戸藩京屋敷へと現れた。

「ご足労をおかけして申しわけございませぬ」

金主とはいえ、相手は直臣である。呼び出しておいて、詫びもなにもあったものではないが、中山主膳は詫びを言った。

「いや、水戸さまの御用とあれば、なにをおいても参上いたさねばなりませぬ」

遠田は中山主膳ではなく、御三家水戸家の呼び出しに応じたと返した。

「いや、お気遣いを」

中山主膳の頬が引きつった。

「で、早速でございますが、御用は」

遠田が急《せ》かした。

「少し教えていただきたいことがございまして。禁裏付東城典膳正さまとはどのようなお方でございましょう」

中山主膳が問うた。

「東城典膳正さまでございますか。禁裏付の」

ほんのわずか遠田の目尻が引きつった。

「ご存じで」

中山主膳が身を乗り出した。

「役儀柄、いろいろと知ることがございまする」

任務のうえでのことまでだと遠田が限界を告げた。

「それでけっこうでございまする」

問題ないと中山主膳が認めた。

「東城典膳正さまは、五百石取りのお旗本で、前はお使者番をお務めでございました……」

遠田が経歴を語った。

「どのようなお人柄でございましょう」

中山主膳が訊いた。

「真面目な御仁でございまする。いささか、融通のきかないところはございますが」

役目柄知ったと言いながら、遠田は会って確認したとわかるようなしゃべり方をした。

「……ほう。とくに留意することなどは」

鋭く中山主膳の目が光った。

「まず、後ろに松平越中守さまがおられまする」

「老中首座の」

「さようでござる」

遠田がうなずいた。

町方与力は、ものごとの裏を読むのが仕事になる。すでに遠田は中山主膳がなぜ、鷹矢のことを聞きたがるのか、その裏を読んでいた。

「二条さまのお困りはここにあるのではございませんか」

「…………」

窺うような遠田の目を中山主膳は無視し、質問を変えた。

「剣術の腕などは」

「さほどではないかと」

「どなたかが確認をいたされましたので」

答えた遠田に、中山主膳が問うた。

「東城典膳正さまが先日襲われたのでございますが」

「そのようなことが……」

中山主膳が驚愕した。

京は穏やかなところである。武士の数も少ないし、町人は争いごとを好まない。その洛中で禁裏付という幕府役人が襲われたとあれば、大事であった。

「幸い、東城典膳正さまにはお怪我がなかったため、あえて騒動にはいたしませんでしたが」

中山主膳が抱くであろう疑問に、遠田が先に答えた。

「なるほど。お役人が襲われたなどとなれば、御上のお名前に傷がつきますな」

しっかりとその意図を中山主膳はくみ取った。

「そのときでも、東城典膳正さまは逃げ出すことに専念されたようで。まあ、噂でございますが」

小さく遠田が嘲笑を浮かべた。

「……………」

中山主膳はそれに反応しなかった。

旗本は天下の武を体現する者でなければならない。その旗本が襲われたから逃げたとなれば、大きな問題になる。明らかになれば、お咎めを受けてもおかしくない。話題になれば、少なくとも職を辞して身を慎まなければならなくなる。

とはいえ、相手は禁裏付という京では大きな力を持つ者だけに、迂闊なまねをしてしっぺ返しを受けてはたまらない。とくに鷹矢は老中首座松平越中守定信の腹心と思われている。鷹矢を京から追い出せたが、松平越中守に睨《にら》まれては大事になる。京都町奉行所の与力なんぞ、老中首座から見れば小物も小物、直接松平越中守が手出しをしなくともその意を汲んだ池田筑後守が、遠田を潰す。

ゆえに遠田はあくまでも噂だとして逃げ道を用意している。

禁裏付を排除する大きな要素になりそうであるが、中山主膳は失敗したときのことを考えて、見逃した。

「他になにか、聞いておくべきはございまするや」

中山主膳が尋ねた。

「さようでございますな……」

顎に手を当てて、遠田が思案した。

「そうそう。東城典膳正さまと言えば、京に来てから家臣を一人召し抱えられました」

「新規召し抱えでございますか。それは珍しい」

中山主膳が興味を示した。

「なんでも大坂で剣術道場を開いていた者らしく、かなり遣うと耳にいたしておりまする」

「大坂で道場を……」

遠田の語りに、中山主膳が眉をひそめた。

「遣い手が要ると、典膳正さまはお考えになられた」

「…………」

無言で遠田が肯定した。

「しかし、なにもこちらで探されずとも、江戸に譜代の者がおりましょうに。新参者はいつ裏切るかわかりませぬぞ」

中山主膳が疑問を呈した。

武士にとって譜代の家臣ほど信用できる者はいなかった。何代にもわたって仕えてくれている譜代は、主家と一蓮托生《いちれんたくしょう》である。主家が繁栄すれば譜代の家臣も加増を受けるなどできる。そのいい例が徳川幕府における譜代大名であった。

譜代大名はもともと徳川家の家臣であった。徳川が三河一国の小大名であったころから仕え、数百石から数千石の家禄でしかなかった。それが、徳川が天下を取ったお陰で、万石をこえる大名になれた。もちろん、その代償として徳川家康が天下人になるまでの戦いで、当主はもとより多くの一族郎党を死なせている。なかには、負け戦で徳川家康を逃がすため、身代わりになって死んだ者もいる。

吾が命を投げ出しても、主家を守る。それが譜代の家臣であった。

「腕の立つ者が家中にはいなかった。あるいは……」

「あるいは……」

中山主膳が遠田に先を促した。

「江戸から呼んでいたのでは間に合わなかった」

遠田が言った。

「間に合わぬ。とはなにやらきな臭いようでございますな」

「いかにも。今までの禁裏付とは事情がかなり違うようでござる」

中山主膳の懸念を遠田が認めた。

「いや、いろいろとかたじけのうございました」

聞くだけ訊いたと中山主膳が遠田に感謝した。

「いやいや。これぐらいのこと、お気になさらず」

遠田がたいしたことではないと手を振った。

「これは草鞋《わらじ》代でございまする」

中山主膳が懐紙に包んだ金を遠田に差し出した。

「このようなお気遣いは無用でございますのに」

要らないと言いながら、遠田は金包みを受け取った。

「……………」

無言で金包みの重さを量った遠田が、中山主膳を見た。

「これは老婆心からでござる。禁裏付にお手出しはなさいますな」

「はて、なんのことやら」

中山主膳がとぼけた。

「ならばよろしゅうございますが……」

そこでわざと遠田が一度黙った。

「東町奉行池田筑後守さまは、典膳正さまとご同心でございますぞ」

「なんと、東町奉行池田筑後守さまが」

聞かされた中山主膳が驚愕した。

「重々ご承知おきくださいますよう」

言い残して、遠田が去って行った。

「東町奉行池田筑後守どのも去年赴任されたばかりであったな。となればやはり松平越中守さまの手」

　中山主膳が険しい顔になった。

「迂闊な手出しは手痛いしっぺ返しが来るな」

　腕を組んだ中山主膳が苦吟した。

「町屋の連中を使うかと思っていたが、町奉行が懐柔できぬとあれば難しいな」

　町方の与力、同心を手中のものにしておけば、人を殺そうとも拐《かどわ》かそうとも捕まる心配はない。

　町方役人が、わざと捕まらないようにまちがった手配をしたり、証拠を隠滅してくれる。

　しかし、今回はそれが使えなかった。

「京の無頼は動かぬな」

　町奉行所の動きや考えは、無頼の命運にかかわる。目端の利く無頼は、生き残りのため町奉行所のことを絶えず気にかけている。

「後先を考えない単純な連中では、とても果たせまい」

　大坂の道場主だったという家臣一人で、無頼の五人くらいならば難なく相手できる。

「……大坂、大坂か」

ふと中山主膳が思いついた。

「大坂から腕の立つ浪人を呼べばいい。京の者でなければ、ことを果たした後離れてしまえばいい。いかに池田筑後守が、老中首座松平越中守の手の者だとしても、管轄違いの大坂までは手出しできぬ」

京都の治安を京都町奉行所が担うように、大坂のことは大坂町奉行所がおこなう。池田筑後守から助力の申し出があったところで、すなおに言うことを聞くとは限らない。どころか、同格に近い京都町奉行に手柄を立てられては、大坂町奉行の出世が難しくなる。

京都町奉行、大坂町奉行ともに、その次は江戸に帰っての勘定奉行、あるいは町奉行なのだ。その席は限られている。奪い合う間柄として、相手の手助けをする気はなくて当然であった。

「これしかないか」

中山主膳がうなずいた。

「問題は、禁裏付をどこで襲うかだが……百万遍から御所の間では、あまりに余裕がない。他人《ひと》目も多い」

ふたたび中山主膳が思案に入った。

「おそらく、今までの連中はそれで失敗している」

他人目があるところで、襲撃なぞすれば町奉行所や禁裏付屋敷へすぐに報せが行き、援軍が出てくる。

「馬鹿しかいなかったのか」

中山主膳があきれた。

「町奉行所がことを知る前に片付ける。それしかないな。だが、禁裏付をどうやってそんなところまで来させる」

一人中山主膳が苦吟した。

「二条さまにお願いするか。それくらいはしていただいても、罰は当たるまい」

中山主膳が顔をあげた。

「その前に、大坂で人を得ねばならぬな」

ゆっくりと中山主膳が立ちあがった。

京都所司代は閑職であった。西国大名の監察、朝廷の監視、近畿諸国の幕府領管轄と権限だけは大きいが、その実務は下僚がおこない、戸田因幡守がなにかをするなどほとんどなかった。

「殿、お目通りを願う者が参りましてございまする」

佐々木伝蔵の代わりに抜擢した用人が、戸田因幡守のもとへ来た。

「またか」

先日家斉からの密使と会ったばかりである。戸田因幡守が難しい顔になった。

「近衛さまの添え書を持った上方の商人、桐屋と申しております る」

「商人が、近衛さまの」

戸田因幡守が首をかしげた。

「いかがいたしましょうや」

会うか会わぬかを用人が尋ねた。

「近衛さまの添え状があるとあれば、断れぬ。通せ」

「はっ」

用人が下がっていった。

「五摂家の長、近衛家の添え状を持った上方商人か、碌《ろく》でもない用件に違いないな」

ここ最近の面倒を思えば、嫌な予感を持つのも当然である。戸田因幡守が邪魔くさそうに腰をあげた。

「ここで待たれよ」

用人に案内されたのは、玄関からほど近い客間であった。

「近衛はんの添え状があっても、このていどかいな」

一人になった桐屋が鼻で笑った。

所司代役屋敷ともなると客間はいくつかあった。客間は玄関から遠いほど、基本として格式が高くなる。奥の書院に近い客間は、五摂家あるいは青華、名家などの高級公家、あるいは諸藩の大名などに使われ、町人がここへ通されることはまずない。

「この狭さに、この場所。用人あたりが客の相手をする部屋やな」

桐屋は客間を見回した。

「あの用人、あまり役に立たんな。儂を商人と侮ったのはええが、この客間へ主人を来させるのは、あかんやろ。主人の格を落とすだけや」

的確な人物評を桐屋はおこなった。

「……茶もでんな。まあ、武家を訪れた初顔の商人に茶を出す家はまあないけど」

桐屋は小さく笑った。

武家は商人を下に見ている。出入りを重ねて馴染《なじ》みとなったとか、金を借りているとかがなければ、まずまともな相手は望めなかった。

「割と早かったな。一刻はかかると思ったが」

外からかけられた声に呟きながら、桐屋は深く平伏した。

「……面《おもて》をあげよ」

衣擦れのあと、許可が出た。

「京都所司代戸田因幡守である」

「大坂で商いをおこなっております桐屋と申しまする。本日は、お目通りをいただきありがとう存じまする」

名乗った戸田因幡守に桐屋が礼を述べた。

「近衛さまの添え状を拝見したが、なにやら余に頼みがあるらしいの」

戸田因幡守が用件を言えと命じた。

「はい。わたくしども、御所出入りのお許しを頂戴いたしたく、近衛さまにお願いをいたしました」

「御所出入りとは、また」

戸田因幡守が驚いた。

「なかなかに難しいと伺っておりますが、近衛さまからは尽力してくださるとのお言葉をいただきましてございまする」

「ほう、近衛さまが。それはまた」

京都所司代をしているのだ。公家を動かすのが金だとすぐにわかる。戸田因幡守が表情をゆがめた。

「さらに京に店を作るべきだとのご助言を賜《たまわ》りました。つきましては、所司代さまにご挨拶をと存じまして、厚かましくもお目通りをお願いいたしましてございまする」

桐屋がもう一度頭を下げた。

「商家開業のことならば、町奉行所であろう。所司代にはかかわりない」

戸田因幡守がなにもせぬと手助けを拒んだ。

「もちろん存じておりまする。ですが、京を治めておられるのは所司代さまでございまする。まずは、所司代さまに御意を得ましたのちに、町奉行さまにもと思いまして」

わかっていると桐屋が応じた。

「挨拶だけか」

「はい。これはお近づきの印に」

確認した戸田因幡守の前に、桐屋が小判二十五枚入りの金包みを八つ、合わせて二百両差し出した。

「…………」

戸田因幡守が金から桐屋へと顔を移した。

「なにをさせたい」

そもそも近衛経熙が、挨拶をするためだけに紹介状などを書くはずはない。戸田因幡守が、疑いの目で桐屋を見た。

「近衛さまの邪魔をなさろうとするお公家衆から、所司代さまへなにかございましても、お取りあげなさらぬようにお願いをいたしまする」

桐屋が要求を口にした。

「あと、錦市場で少々もめ事が起こりますが、お気になさいませぬよう」

「錦市場を支配する気か」

戸田因幡守が見抜いた。

「…………」

沈黙することで桐屋は肯定した。

「ふむう。少ないのではないか」

二つの要求に二百両では足りないだろうと戸田因幡守が言った。

「おいくらほど」

具体的な金額を桐屋が訊いた。

「金は要らぬ」

うかつに商人から金をもらうのはまずかった。多少ならば挨拶ですむが、金額が大きくなると、賄賂扱いされてしまう。松平越中守と争っている戸田因幡守としては、挨拶以上の金は命取りになりかねなかった。

「ではなにをお出しすれば」

桐屋が尋ねた。

「錦市場とあればちょうどいい。錦市場には東城典膳正という旗本が深くかかわっておる。その者に傷を付けてもらいたい」

「傷とはどのような」

戸田因幡守の求めに、桐屋が目を細めた。

「身体でも、名前でも、どちらでもよい。そのあたりは任せる」

「……任せると」

桐屋が目を閉じて思案した。

「お願いいたしましたこと、よろしくお願いいたしまする」

もう一度願いを繰り返すことで、桐屋が引き受けたと告げた。

「今後の出入りは遠慮いたせ」

かかわりを続けると周囲に気付かれやすくなる。

戸田因幡守が桐屋に釘を刺した。

# 第四章　洛中の騒

## 一

禁裏付に休みはない。とはいえ、人というのは病にもなるし、どうしようもない急用ができたりする。交代要員のいない役目でも、事情が許せば休むことはできた。

「典膳正よ」

しばらく近づいても来なかった武家伝奏広橋中納言が、月番交代で武者溜詰めとなった鷹矢を訪れて来た。

「なんでございましょう」

先日とは打って変わった対応で、鷹矢は広橋中納言を迎えた。

「……気味が悪いの」

ていねいな鷹矢に、広橋中納言が身震いをした。

「……………」

よほど怖かったのだろうなと鷹矢は苦笑した。

「ご用件は」

することもなく暇な禁裏付ではあるが、清涼殿に近い武者溜で無駄話をするのはまずい。鷹矢は重ねて用件を問うた。

「そうであったの。典膳正、おぬし休みは取っておらぬであろう」

広橋中納言が言った。

「休みでございますか。禁裏付は連日務めでございますれば、お休みはございませぬ」

鷹矢は首を横に振った。

「たしかに公式には休みはないが、それでは保つまい。それに折角京へのぼっておきながら、名所旧跡を訪ねぬなど論外であろう」

「名所旧跡を見ずとも……」

「いかん、いかんぞよ」

別に興味はないと言おうとした鷹矢を、広橋中納言が遮った。

「…………」

「禁裏付とはどのような役目か。朝廷と幕府の仲を取り持つのがお役目であろう」

「いや、それよりも……」

「禁裏と幕府がうまくいけば、禁裏目付としてのお役目などなくなる」

またもや広橋中納言が、鷹矢の言葉を断った。

「それはそうでございましょうが」

目付は悪いことをするものがいなくなれば不要になる。しかし、人に欲がある限り、目付の仕事はなくならない。

「それと名所旧跡にどういうかかわりがござるので」

鷹矢が問うた。

「公家は名所旧跡を好む。これくらいは知っておろう」

「はい」

公家が書いた日記や詠んだ歌に名所旧跡は山のように出てくる。鷹矢もそれくらいは知識として持っていた。

「名所旧跡の話ができる。それだけで我らと話になるではないか」

「…………」

言われた鷹矢は黙った。

禁裏付になった鷹矢だが、公家との交流は、広橋中納言を除けば皆無に等しかった。

「おぬし、松波雅楽頭を呼んだのは公家がなにを考えているのかを聞きたいからであったのじゃろう」

広橋中納言が確認してきた。

「いかにも、さようでござった」

鷹矢は認めた。

「まあ、人選から失敗したの」

「………」

事実を指摘された鷹矢が沈黙した。

「たとえ、松波雅楽頭でなくとも、公家相手におぬしのやりようはまずかろう。武家は短気じゃ。いきなり用件に入ろうとする。それでは本音は聞けぬ」

「なぜでございましょう」

鷹矢が問うた。

「公家は噂で生きている。これくらいは知っておろう」

「それくらいは」

広橋中納言の問いかけに鷹矢が首肯した。

「よい噂も悪い噂も、人の話から生まれる。そして公家は噂に生かされ、噂で殺される。その公家が、知り合って間もない者に、本音を語ると思うか」

「うっ……」

痛いところを突かれた鷹矢が詰まった。

「おぬしならば大丈夫と、親しくならねば本音など聞けぬわ」

「たしかに」

言われた鷹矢は納得した。

「名所旧跡の話がもっとも入りやすかろう。それともおぬし、古今伝授や香道の話ができると言うか」

「できませぬ」

風雅大名として名をはせた細川幽斎、忠興の親子ならばまだしも、ただの旗本にそのような教養はなかった。

「わかったであろう」

「はい」

鷹矢は素直に認めるしかなかった。

「いきなり近江八景じゃ、大和三山じゃとは言わぬゆえ、洛中の社寺くらい訪れておけ」

「承知いたしましてござる」

広橋中納言の指導を鷹矢は受け入れた。

二人しかいない役目で休みを取りたいときは、相役の承諾が必須であった。

広橋中納言に促された鷹矢は、月番交代で日記部屋へ移った同役の黒田伊勢守《くろだいせのかみ》のもとを訪れた。

「よろしいかの」

日記部屋の襖を開けて、鷹矢が黒田伊勢守に入室の許可を求めた。

「典膳正どのか、お珍しい。どうぞ、お入りあれ」

退屈していたらしい黒田伊勢守が、喜んで手招きをした。

「かけちがってなかなかお目にかかれぬが、いろいろとござったようじゃな」

先達として黒田伊勢守は鷹矢を気遣った。

「ご迷惑をおかけしております る」

新参者として鷹矢が詫びた。

「いやいや、公家どもにはよい薬でございましょう。最近は禁裏付を武家だと思っていない公家もおるようでございましたし」

微妙な笑いを黒田伊勢守が浮かべた。

「さて、御用はなんでございましょう。あまり話しこんでいるわけにも参りませぬでな」

黒田伊勢守が雰囲気を変えた。

「一日休みをいただきたく」

「おう、なるほど」

鷹矢の申し出に黒田伊勢守がうなずいた。

「結構でございまする。武者溜詰めにはさして任もございませぬし」

もともと武者溜詰めは、天皇や五摂家などから幕府へ急な問い合わせや、通達があるときにその使者として出るためにあった。他にも禁中の安寧《あんねい》を維持するなどの役目もあるが、どちらも泰平が百年以上続く今では、形だけのものとなっている。

「では、五日後に休みをいただきまする」

いきなり明日では常識がない。鷹矢は準備も考えて五日の余裕を見た。

「結構でござる。貴殿はお役に就かれてからずっとお休みではございませんでしたしな」

黒田伊勢守が当然だと言った。

「その代わりと申してはなんでござるが、月が変わったならば、拙者も休ませていただきたいがよろしいか」

「もちろんでございまする」

黒田伊勢守の要求を鷹矢は認めた。

「では、よしなに」

一礼して鷹矢は、日記部屋を後にした。

「……広橋中納言さまに焚きつけられたかの」

残った黒田伊勢守が笑みを消した。

「裏があることに気づいておらぬようだが、これも禁裏付としての試練じゃ。言葉だけで人を動かす公家の怖ろしさを早めに知ったほうがよい」

黒田伊勢守が呟いた。

物見遊山が決まった鷹矢は困惑していた。

「どこに行けばよいのか、まったくわからぬ」

京の名所旧跡のどこを回るべきか鷹矢にはわからなかった。

「鹿苑寺《ろくおんじ》、南禅寺《なんぜんじ》、祇園社《ぎおんしゃ》などの名前は知っているが、場所がわからぬ」

赴任以来禁裏での役目に緊張していた鷹矢である。また、禁裏付役屋敷と禁裏の往復だけしかしていないに近い。名前は知っていても、どこなのかわかっていなかった。

「南條どのは帰してしまったしの」

京の生まれでいろいろよく知っている温子だったが、さすがに二条家が鷹矢を籠絡するために寄こした者だとあからさまにわかっては、側近くに置いてはおけなかった。

「どうするか」

「なにをお悩みでございますか」

書院で苦吟している鷹矢に、弓江が問うた。

温子がいなくなってから、弓江が鷹矢の世話を一手に引き受けていた。やることは一気に増えていたが、それでも弓江の機嫌はよかった。

「役目のためになると名所旧跡を回れと勧められたのだがな、どこにどう行けばいいのか、わからぬ」

鷹矢はため息を吐いた。

「そればかりは、わたくしもお役に立てませぬ」

弓江は若年寄安藤対馬守の江戸藩邸詰め家臣の娘であり、京の地理などまったく知らない。

「禁裏付の同心に尋ねてもの」

「遠慮いたしましょう」

同心と禁裏付では身分に大きな差がある。なかなか快活に話をしてくれるとは思えなかった。

「枡屋に問うてみてはいかがでしょう」

思いついたと弓江が手を打った。

「なるほど。枡屋ならば絵のかかわりで神社仏閣にもつきあいはあるな」

名案だと鷹矢は弓江の意見を採用した。

「明日も来たかの」

「はい。毎日来ておりまする」

問うた鷹矢に弓江がうなずいた。

枡屋茂右衛門こと絵師若冲は、禁裏付役屋敷の襖絵を引き受けてくれている。

「ならば、明日は足留めしておいてくれ」

絵師というのは難しい。気が乗らなければ、一筆も走らせずに帰るときもある。逆に、徹夜で書き続けるときもある。枡屋茂右衛門は商家の出であったが、その辺りはやはり絵師であった。

「承りましてございまする」

弓江がうなずいた。

二

武家伝奏という役目をしているからではないが、広橋中納言の屋敷は百万遍に近い仙洞御所の前にあった。

「逆方向やけど、しゃあないな。報告はせんと。牛車は先に帰ってええわ。遅いよって」

広橋中納言は牛車を空で屋敷へ帰し、舎人を連れて御所東を北上した。

「大納言はんは、お出でかいな」

今出川御門を出た広橋中納言は、目の前にある二条家の屋敷を訪れた。

「へい。どうぞ、お通りやす」

小者が大門の片側だけを開いた。

「寝殿か、大納言はんは」

「いえ、お庭の東屋にいたはります」

訊いた広橋中納言に、小者は答えた。

「ほな、直接庭へ回るわ」

広橋中納言は御殿へ上がらず、門脇から庭へと向かった。

二条大納言治孝は、泉水を見渡せる築山近くの東屋にいた。

「大納言はん」

「おう、中納言かいな。どうや」

一人で庭を眺めていた二条大納言が、広橋中納言に声をかけられて反応した。

「しっかり言うて来ましたで」

広橋中納言が告げた。

「まちがいないか」

「下りしなに日記部屋で黒田伊勢守に確認もしましたよって確かで」

念を押した二条大納言に、広橋中納言がうなずいた。

「いつや」

「五日後ですわ」

問うた二条大納言に広橋中納言が答えた。

「五日後か……誰《たれ》ぞ」

二条大納言が母屋へ声を発した。

「ほな、麿はこれで失礼しますわ」

広橋中納言が辞去を求めた。

「なんや、もう帰るんか。茶なと出そうと思うたのに」

「ちと、せなあかんことがございますよってに」

引き留めた二条大納言に広橋中納言が断りを入れ、背を向けた。

「……これ以上、巻きこまれてたまるかいな。広橋は日野《ひの》の流れや。本家でもない二条はんと一蓮托生はごめんじゃ。摂家はんの機嫌を損ねたら、後々の出世にかかわるさかい手伝うたけど、禁裏付を誘い出すなんぞ、どうせ碌《ろく》なことやないやろう。これ以上巻きこまれたら、言いわけきかんようになるがな。なんも知らん、頼まれたことだけをした。これが一番無難なんや」

広橋中納言が急ぎ足で二条家屋敷を後にした。

「逃げたな」

東屋で二条大納言が口の端を吊り上げた。

「つごうがええわ。水戸家が絡んでいることに気づかれてはなにかと面倒や。金をせびらんともかぎらんし」

二条大納言が安堵《あんど》した。

「しかし、雅楽頭がおらんのは不便やの。そろそろ呼び返すか。ええかげん、落ち着いたやろう。そもそもあのていどのことで、怯えるような者《もん》が摂家の家宰なんぞ務まるかいな」

「御所はん、お呼びで」

雑司が東屋の外で膝を突いた。

「水戸のな、中山を呼んで参れ」

「へい」

縁続きの水戸家と二条家である。人の行き来はままある。雑司は疑いもなくうなずいた。

「急ぎや」

二条大納言が雑司に指示をした。

「すぐに」

雑司が駆け出していった。

「……味方のつもりやったけどなあ、禁裏付」

一人になった二条大納言がため息を吐いた。

「わざわざ女まで用意してやったのに、こっちはまだ笛を吹いてもないんやで、勝手に踊り始めたら困るわ」

二条大納言の目つきが険しいものになった。

「京洛を離れたところで襲われたら、松平越中守も文句は言えんわな。下人どもから見れば、常着の武士が禁裏付やなんて思うはずはないからな」

にやりと二条大納言が笑った。

「近衛だけにおいしい思いをさせはせんで。次は二条の時代や」

二条大納言が宣した。

来いと呼んで十日、霜月織部が江戸八丁堀《はっちょうぼり》にある松平越中守の上屋敷に着いた。

「早いな」

通常片道で七日はかかる江戸と京である。往復すれば、どう考えても十五日はかかる。

「馬を遣わせていただきました」

「そうであったか」

霜月織部の説明に松平越中守が納得した。

御家人は騎乗できない。乗馬は旗本以上の特権である。しかし、これは幕臣というくくりだけの話で、諸藩の藩士にはそちらの決まりがある。

馬に乗れるかどうかは、その藩が許したかどうかの問題になり、石高で区別がつくものではなかった。

十万石と一万石では、家老の石高も違う。十万石の家老ともなれば、数千石はもらっている。対して一万石だと百石も難しい。

よく馬一匹の家柄といい、概ね六百石とされているが、これは自前で厩を持ち、馬丁を抱え、乗り換えの馬を維持できる場合であり、屋敷に馬はいないが乗馬できる格式となれば、十石でもあり得る。

霜月織部はそれを利用して、松平越中守家の家臣だと偽って東海道を馬で駆けてきたのであった。

「お名前を勝手に遣いましたこと、お詫びをいたしまする」

「名前でときが省けるならば、いくらでもかまわぬ」

詫びた霜月織部を松平越中守が許した。

「御用は、典膳正どののことでございましょうや」

「うむ。じつはの……」

松平越中守が経緯を告げた。

「上様が、老中首座さまの失脚を願っておられる……」

霜月織部の目つきが鋭いものになった。

「そうだ。余が大御所称号を取ってきては、上様に取って都合が悪い」

「京で邪魔が入ると」

すぐに霜月織部が気づいた。

「うむ」

松平越中守が首肯した。

「そのようなまねを誰が」

霜月織部が怒った。

「少なくとも一人はおろう、京に」

「……所司代さま」

「ああ。おそらく京都所司代戸田因幡守に上様の声がかかっているはずだ」

戸田因幡守は松平越中守の政敵であった田沼主殿頭意次の腹心であった。

「…………」

霜月織部が沈黙した。

「織部、そなたの気持ちはうれしいが、京都所司代が殺されては幕府の威信にかかわる。討つな」

松平越中守が釘を刺した。

「……わかりましてございまする」

悔しそうな顔で霜月織部がうなずいた。

「まあ、戸田因幡守はいい。最初から敵だとわかっているからの。問題はそれ以外じゃ。京都東町奉行の池田筑後守はこちらの者だ。西町奉行の山崎大隅守《やまざきおおすみのかみ》も余の代になってから任じられた者だ。少なくとも敵対はすまい」

西町奉行の山崎大隅守正祥《まさよし》は、堺奉行から西町奉行に昨年転じたばかりである。すでに幕政は田沼から松平越中守へと代わっている。その辺の雰囲気を感じ取れないほど愚かな人物が出世できるとは思えなかった。

「残りは、公家と京都代官だな」

京都代官は設置後の紆余曲折が激しい役職であった。二条城に席を持ち、皇室領の管轄、二条城の保守、山城《やましろ》、摂津《せっつ》、河内《かわち》、丹波《たんば》の幕府領の代官などを任とした。

当初、五味《ごみ》氏の世襲であったが、その血筋が途絶えた後、小出《こいで》氏が世襲している。知行は六百石、役料一千俵と身代の割に手取りが多く、かなり裕福であった。

「小出は代々京だからな。江戸のことなど気にもすまい」

京都代官は江戸城躑躅《つつじ》の間に席を与えられているが、地方勤務の役人として、家督相続のおりくらいしか出府しない。

役目柄もあり、江戸とは完全に距離を置いていた。

「公家はわからぬ」

小さく松平越中守がため息を吐いた。

「味方が裏で敵に繋がっていた。敵がいつの間にか味方として同じ陣中にいる。それが当たり前すぎて、なにがどうなっているかさえわからぬ」

「それほどに、公家とは面倒なものなのでございますか」

霜月織部が驚いた。

「公家とは限らぬがな、人というのはときの勢いがある者に付く。とくに公家は力で武家に押さえつけられてきた。生き残るためには、織田に愛想を振りながら、武田に情報を流すなど敵と味方のかかわりなく、両方に通じるしかない。どころか、血筋をなによりのものだと考えている公家なのだ。最初から武家など、力だけの成り上がり者としか考えていない。同義も義理も武家相手には気にしていない」

「そこまで……」

聞いた霜月織部が絶句した。

「公家にしてみれば、武家は躾《しつけ》のできていない犬だからな」

「なんと傲慢《ごうまん》な」

苦笑する松平越中守に、霜月織部が怒りを見せた。

「武士はもともと公家の荘園の番人だった」

平安のころ、天下は朝廷が把握していた。とはいえ、京や大坂などの繁華な土地でもなければ、治安は悪い。

地方の荘園などになれば、収穫のころ盗賊に襲われてすべてを持ち去られるのが当たり前であった。

そこで公家たちは、己が現場に行くのではなく、襲撃してきた盗賊どもを打ち払う者を雇い入れた。これが武士の走りであった。

当初、雇われた武士は命じられたとおりに荘園を守り、京まで年貢を運んでいた。

そのうち、雇い主が全然荘園まで来ないというのがわかりだすと、年貢の量を減らし始めた。それでも公家は文句しか言ってこない。別の武士を雇って入れ替えるわけでもなし、横領を咎めて兵を送りこんで討伐するということもない。ようするになにをやっても大丈夫。となれば、全部もらってしまえとなるのは当然である。

こうして武士は公家の荘園を奪い、力を付けて勢力を拡げていった。世のなかは天秤と同じ、片方が上がれば、反対側は沈む。武家の勢力が増すに連れて、公家の権力は縮小し、ついには食べていくにも困るようになった。金がなければ武力も維持できない。公家は天下の実権を武士へと譲り渡す羽目になった。

「公家から見れば、武士は手を噛《か》んだ犬よ。腹立たしいだけ」

「なにもしなくて、没落するのは当然だと思いまする」

八つ当たりに近いと霜月織部が首を左右に振った。

「される方から見れば、なにもしなかったくせにとなるが、している方は、お前たちさえいなければ、あるいは従順であれば、今も我々はいい生活ができていたはずだとなる。これが人よ。己の境遇を他人のせいにしたがる」

「情けなきことでございまする」

松平越中守の言葉に、霜月織部がため息を吐いた。

「ということだ。京を頼む」

「お任せ下さいませ。かならずや禁裏付どのをお守りいたしまする」

霜月織部が胸を張った。

「…………」

宣した霜月織部に、松平越中守が何とも言えない目をした。

「越中守さま……」

霜月織部が怪訝な顔をした。

「織部よ」

「……はい」

声を低くした松平越中守に、霜月織部が緊張した。

「もし、典膳正に不審な動きがあったときは、迷わずに討て」

「典膳正どのが裏切ると」

霜月織部が目を大きくした。

「絶対にないとは言いきれぬ。公家とは言葉で人を操るものだ。典膳正が、公家にたぶらかされることもあり得る」

「むう」

松平越中守の危惧に、霜月織部が唸った。

「そのときは典膳正どのといえども、遠慮はいたしませぬが……」

霜月織部が松平越中守を見た。

「先ほど戸田因幡守さまを害するのは、幕府の権威を傷つけるゆえするなとお命じになられました。なのに禁裏付はよろしいのでございましょうや」

疑問を霜月織部が口にした。

「まず、禁裏付と所司代では影響力が違いすぎる。禁裏付などたかが千石の役目。すぐにでも後釜は見つかる」

「…………」

「そして……東城典膳正は、余の配下である。余の引きで禁裏付になれた。いわば、恩がある。その恩を忘れ果てて、敵に回るような者は敵よりも質が悪い」

厳しい口調で松平越中守が述べた。

「余はこれからも天下を担う。その天下を担うには、まず力が要る」

「はい」

霜月織部が同意した。

「力なき者は、なにもなせぬ。いや、なすという意志を通せぬ。邪魔がいくらでも入るからな。その邪魔を押しのける、倒すだけの力が要る」

松平越中守が続けた。

「次に信」

「信……」

霜月織部がわからないといった顔をした。

「信とはその字の通り、信用である。余が信用できるかどうかで、他人は付いてくるかどうかを判断する。力はあるが、いつ裏切るかわからぬような者に、誰も命を預けてはくれぬ」

「たしかに」

説明に霜月織部が納得した。

「しかし、それと典膳正どのの裏切りはかかわりないのではございませぬか」

霜月織部が問うた。

「ある。老中の信とは、本人だけのものではない。配下たちから信頼されているかどうかも見られている。余の腹心とみられている典膳正が裏切るとなれば、誰もが思うだろう。余が信を預けるに足らぬ者だとな」

「それは……」

聞いた霜月織部が驚いた。

「裏切りを許さぬ。これは力の表明になる。そして典膳正は見せしめになる」

「他の者が裏切らぬようにと」

「そうじゃ」

松平越中守が首を縦に振った。

「どうやら上様は本気で余を排除されるおつもりのようだ。なにを考えておられるのかわからぬが、余が邪魔らしい。たしかに大奥の費用が嵩みすぎると苦言を呈しはした」

家斉は一橋の館にいたころから女好きで聞こえていた。将軍となってからは、それに拍車がかかっている。

将軍に跡継ぎがいなければ、天下が乱れる。安定した継承こそが、天下泰平の根本なのだ。次も変わらないという保証が、人々に安心を与える。

しかし、将軍に跡継ぎがいなければ、それがなくなる。

徳川家には、本家の血筋が絶えたときのための予備として、御三卿、御三家がある。結果、次の将軍にはことかかないが、分家から人が入るといろいろな変化がおこる。

まず、将軍側近が入れ替わる。

親から子へ、兄から弟へという継承ならば、あまり極端な人事はない。老中や側用人などの入れ替わりがなければ、政はそのまま受け継がれていく。役人たちは己たちの序列が変わらないと安堵し、商人たちは急にご禁制が増えたりしないと安心できる。

だが、まったく血筋の遠いところから将軍がでたときは違う。

分家から入った将軍は、老中や若年寄などの執政から軽く見られる。無理もない、先日まで老中たちに気を遣っていた一大名だったのだ。それが今日から将軍だと言われても、いきなり崇拝などできるはずはない。どうしても軽く見る。

新しい将軍もそれはわかっている。だからこそ、己のことを大事に考えてくれる出身藩の家臣たちを頼りにする。さすがにいきなり老中にするわけにはいかないが、将軍側近たる側用人やお側御用取次に就けることはできる。この者たちが、次の執政になる。

側近たちは幕府のことよりも、主君を大事にする。そんな連中が政を担えば、碌なことにならない。朝令暮改を繰り返すくらいならまだしも、長年続けられてきた法度を変えてしまう。こうなると天下は混乱する。

「上様に付いている者どもは、小物ばかりだ。そのような連中が執政になる、ならずとも幕政に口出しをしてきたら、たいへんなことになる。ようやく田沼主殿頭の悪政を建て直すだけの目途《めど》がついたというときにだ」

「…………」

苦い口調の松平越中守に霜月織部は反論しなかった。

「余は屈するわけにはいかぬ。余が身を退けば、幕府はもう百年保たぬ」

「越中守さま」

真剣な表情をした松平越中守を霜月織部が気遣った。

「大事ない」

松平越中守が手を振った。

「話が長くなった」

眉間を指でほぐして、松平越中守が落ち着いた。

「織部、頼む」

「お任せをくださいませ」

霜月織部が手を突いた。

# 三

枡屋茂右衛門は絵筆を置いた。

「絵の具の乾き待ちやな。後は明日や」

固まった首筋をほぐすようにしながら、枡屋茂右衛門が呟いた。

「さて、そろそろ帰るか」

絵筆を片付けた枡屋茂右衛門が腰をあげた。

「ほな、また明日来ますわ」

いつものように台所へ顔を出した枡屋茂右衛門を弓江が止めた。

「お待ちくださいませ」

「なんぞ御用でっか」

枡屋茂右衛門が弓江を見た。

「典膳正さまが、帰宅をお待ち願いたいと」

「……困りましたなあ」

言われた枡屋茂右衛門が腕を組んだ。

「なにかございますので」

「ちいと店に顔を出さなければならない用事がございまして」

枡屋茂右衛門が気まずそうに言った。

「お時間がかかりましょうや」

「用件次第ですけど、まあ、一刻《いっとき》（約二時間）ちょっとで終わりましょうけど」

問われた枡屋茂右衛門が答えた。

「錦市場でございましたか」

「さようで」

枡屋茂右衛門が首肯した。

「でしたら、終わり次第お戻りいただけますか」

「少し、典膳正はんをお待たせするかも知れまへんが」

弓江の提案に、枡屋茂右衛門が危惧した。

どれほど有名な絵師でも身分は庶民でしかない。まれにお抱え絵師として幕府、あるいは諸藩、公家などから家臣としての地位を与えられているときもあるが、枡屋茂右衛門はそれを嫌っていた。

「思うような絵を描けなくなるんやったら、要りまへんわ」

身分をくれようというときに、枡屋茂右衛門はそう言って断りを入れている。

「こちらからお願いすることでございます。典膳正さまは決してお怒りにはなりませぬ」

弓江が首を横に振った。

「いや、なかなか」

枡屋茂右衛門が頬を緩めた。

「布施さまも変わらはりましたな。もう、見事なお内儀《ないぎ》はんや」

内儀とは妻のことをいう。

「……………」

弓江が頬を染めた。

「旦那の留守をしっかり守る。これこそ、ええ奥さまの鑑《かがみ》でっせ」

「恥ずかしいことを」

一層弓江が真っ赤になった。

「わかりました。では、急いで用をすませて来ますわ」

からかうだけからかって、枡屋茂右衛門が出ていった。

小半刻ほどのすれ違いで鷹矢が帰って来た。

「……そうか」

弓江から枡屋茂右衛門のことを聞かされた鷹矢はうなずいた。

「錦市場に行くと申したのだな」

「はい」

確認する鷹矢に、弓江が首肯した。

「ふむ。あれ以来錦市場にも行っていないしの。こちらから枡屋のもとへ参ろうか」

鷹矢が提案した。

「よろしゅうございますので」

かつての二の舞になるのではないかと、弓江が懸念を表した。

「大丈夫だろう。さすがに錦市場も次はないとわかっているだろうしな。外出の用意を頼む」

問題はないだろうと鷹矢は、着替えを要求した。

「檜川を門のところで控えさせよ」

鷹矢は用人に命じた。

「はい……」

用人がちらと弓江を見た。

「わたくしが……」

代わって弓江が腰をあげた。

武家で未婚の男女は二人きりで同室に籠《こ》もらない。それをすれば、男女の仲になったとして、婚姻に繋がる。

身のまわりのことを弓江に任せた鷹矢ではあったが、いつも用人が同席していた。温子の場合は、許嫁ではなく奉公人としての扱いであったため、二人きりでも問題はなかった。

「お着替えをお願いいたしまする」

弓江が用人に後を任せた。

男の着替えなんぞ、小袖と袴に羽織だけなのですぐに終わる。鷹矢は太刀を右手に、脇差を腰にして玄関へ出た。

「お出かけと伺いましてございまする」

檜川が玄関土間で控えていた。

「錦市場まで参る」

「……錦市場でございますか」

先日のことを思い出したのか、檜川が眉をひそめた。

「うむ。まあ、二度はなかろう。今度は錦市場を許すつもりはない。たとえ枡屋がどれほど願ってもな。それくらいは枡屋も市場の者どももわかっているだろう。それに錦市場とはいえ、先日のように市場を見て回るわけではない。こちらの用事で枡屋に会いに行くだけだ」

鷹矢が告げた。

「……わかりましてございまする」

そこまで言われれば、家臣として従わざるを得ない。檜山が頭を垂れた。

「ただし、今回は手加減をいたしかねまする」

峰打ちですませる気はないと檜川が告げた。

「かまわぬ」

鷹矢も認めた。

「わたくしもお供を」

弓江が鷹矢に願った。

「布施どの、今日は遠慮してくれ。急ぎで話をすませたいのだ」

鷹矢が拒んだ。

武家の女は裾を気にする。国元では足首が見えただけで、ふしだらだとして嫁入り先がなくなるほど厳しい。裾捌きを考えて歩く女を連れてとなれば、倍以上のときがかかった。

「……はい」

足の速さを言われてはしかたない。弓江が引いた。

「では、行って参る」

鷹矢が檜川を連れて、禁裏付役屋敷を出た。

錦市場は四条付近になる。百万遍の禁裏付役屋敷からはさほど離れていなかった。

「枡屋はどこだ」

そういえば店の場所を聞いたことがなかったと鷹矢が苦笑した。

「青物問屋だとは知っているが……」

鷹矢が並ぶ店に目をやった。

「青物でございますか……」

檜川が困惑した。

錦市場でもっとも多いのが、青物を扱う店であった。

「訊いて参りましょう」

檜川が手近な店へ足を運んだ。

「すまぬ。ちと教えてくれ。枡屋という青物問屋はどこにある」

店先で商品の鍋や釜を整えていた男に、檜川が問うた。

「枡屋はんでっか。この一筋南向こうですわ。紺暖簾に枡形《ますがた》が白抜きしておますさかい、すぐにわかりまっせ」

男が説明してくれた。

「かたじけない」

一礼して檜川が、鷹矢を見た。

「わかった」

聞いていたと鷹矢が歩き出した。

枡屋は青物問屋であり、小売りは主ではない。店先に青物を並べることなく、暖簾の奥に広めの土間と、接客をする板の間が設けられていた。

「ごめん」

檜川が持ちあげた暖簾を潜《くぐ》って鷹矢が枡屋へ入った。

「へい、お出で……」

いつものつもりで接客しかけた番頭が、鷹矢と檜川に驚いた。

「枡屋だな、ここは」

「……さ、さようで」

番頭が慌てた。

「拙者東城と申す。こちらの隠居どのといささかかかわりのある者でな。御隠居どのはおられるか」

鷹矢が用件を話した。

「御隠居はんでしたら、なんや話し合いがあるとかいうて、会所へ出てはります」

「会所とはどこかの」

告げた番頭に、鷹矢は尋ねた。

「二筋北の右側で。暖簾もなんも出てまへんので、すぐにおわかりになるかと」

番頭が述べた。

市場で暖簾を上げていないところは珍しい。番頭の説明は的を射ていた。

「そうか。邪魔をした」

鷹矢は手を上げて謝意を表すと、枡屋を出た。

「以外と小さいな」

会所へ向かいながら、鷹矢は口にした。

「問屋とはあのようなものでございまする」

半歩後ろを付いてくる檜川が応じた。

「小売りする店は、商品を客の前に出さなければなりませぬ。商品を置かなければならないので、どうしてもあるていどの大きさが要りまする。対して問屋は扱う単位が大きいので、店ではなく蔵に商品を保管しておくだけでいいので、店は狭くとも困りませぬ」

檜川が説明した。

「よく存じておるの」

鷹矢が感心した。

「大坂のころに知りましてございまする。小売りで買うより、問屋でまとめて買ったほうが、割がよいとか」

大坂で弟子の少ない道場を経営していた檜川が情けなさそうな顔で言った。

「いや、見事よな。吾など先日の買いものまで、財布さえ持っていなかった」

鷹矢が苦い顔をした。

旗本、それも五百石にもなると家臣だけで二十人近い。役目で登城しているとき以外は、まず一人になることもなく、家臣の誰かが付いている。

欲しいものがあれば、用人に告げておくだけで用意される。そもそも、登城、墓参でもなければ、市井へ出ないのだ。なにが欲しいかとか、なにが足りないとかということさえわからない。酒好きだとか、花を愛《め》でるとか、将棋や囲碁をするなどの趣味がなければ、まず求めることなどないのだ。

男だけに生理として女が欲しくはなるが、それは女中のなかで後家になった者などがどうにかしてくれる。そして、そういうことをするようになれば、いつのまにか縁談が調っている。

これが名門といわれる旗本であった。

「世間を知らずして、禁裏付など、いや、すべての役目は務まらぬ」

鷹矢は禁裏の内証を見たとき、どうすればいいかまったくわからなかった。内証は禁裏の勘定、それも日常の生活に遣うものが中心になる。

「菜が一束でいくらかを知らねば、いくら帳面を見てもなにもわからぬ。金額の出入り、そのつじつまさえ合っていればそれですむ。しかし、菜の値段を知っていると、購入している価格が正しいかどうかがわかる。それをせずに、吾は老中首座さまのお考えどおりに、朝廷、禁裏の弱みを握ろうと内証をあらためていた。金がもっともわかりやすいだろうという思いこみでだ。なんとも恥ずかしいことだ。さぞや蔵人たちは肚のなかで笑っていただろう」

鷹矢は恥じていた。

「それに先日錦市場へ来るまで気づかなかった」

「殿……」

檜川が自虐している鷹矢を気遣った。

「なにより、そなたが味噌を買うときの交渉が衝撃であった」

「いや、あれは……」

鷹矢に目を向けられて檜川が焦った。

「ものの売り買いで、値切れるなどとは思ってもいなかった。商売とは、相手の言い値でものを買うことだと思っておったからな」

「………」

檜川が気まずそうに黙った。

先日、鷹矢の護衛として錦市場まで同行した檜川は、商いの見本を見せるべく味噌屋での買いものをした。そのとき、大坂で貧しい生活を送っていたときのまま、味噌を値切って購入した。

大坂では当たり前のことだったが、金は汚いものとして忌避《きひ》する武士としては、あり得ない行動であった。

「褒めているのだ」

恥じていると気づいた鷹矢が、檜川を慰めた。

「吾と違って、そなたは明日浪人となっても生きていけよう。しかし、吾は一年と保つまいよ。なにも知らぬからな」

「それは……」

檜川が驚いた。

「ふむ」

鷹矢が小さくうなずいた。

「いかがなさいました」

その態度に檜川が怪訝な顔をした。

「生きていけるというところで気づいたのよ。我ら武家も公家と同じだとな」

「………」

言った鷹矢に、檜川が首をかしげた。

「武家は代々の禄を支給されることで生きている。そして禄は血筋によって継がれていく。まあ、希に跡継ぎがないために養子という手段を執る場合もあるが、基本は血筋で代を重ねていく」

「たしかにさようでございますな」

檜川が首肯した。

「言い換えれば、なにもしなくても生きていける」

「…………」

自嘲した鷹矢に、檜川が黙った。

「浪人だったそなたにとって、我ら旗本は妬《ねた》ましいものであったろう」

「……そのようなことはございませぬ」

一瞬の間を空けて、檜川が否定した。

「心配するな。怒りはせぬ。この間までならば、先祖の功を馬鹿にするのかと叱りつけていたところだ」

鷹矢が首を左右に振った。

「この間まで……」

「思い上がりを知ったからな」

あえてなんの、あるいは誰のを鷹矢は口にしなかった。

「旗本も公家も先祖のお陰で今ある。老中といえども同じだ。先祖が戦場で、政の場でめざましい働きをしたから禄を、領地を、身分を得た。我ら子孫はそれを受け取っているだけ。当然のことだとな。己は何一つ為し遂げてもおらぬのに、お旗本でございと胸を張る。それがどれだけ恥ずかしいことか」

「殿……」

淡々と語る鷹矢に、檜川が息を呑んだ。

「さて、あれだな」

会所が見えてきたと、鷹矢は話を打ち切った。

「枡屋がいてくれるとよいが……」

掛け違うことはままある。すでに枡屋茂右衛門は百万遍へと向かっていることもあり得る。

「お待ちを」

会所へ向かおうとした鷹矢を檜川が止めた。

「……どうした」

経験が人を育てる。鷹矢はすぐに気を張った。

「みょうな男が四人、会所を見はっておりまする。殿、こちらへ」

長く足を止めていては目立つ。檜川が鷹矢を並んでいる店の一つへと誘った。

「武士か」

「いえ、ただの無頼のように見えまする」

檜川が小声で告げた。

「いかがいたしましょう」

「とは、どういうことだ」

指示を仰いだ檜川に鷹矢が問うた。

「排除いたしましょうか」

「四人もいるのに、できるのか」

鷹矢が驚いた。

「たいした相手ではありませぬ。おそらく会所から出てくる者を狙っているのでしょうが、そちらばかり見て、周囲に気を配ってさえおりませぬ。ほとんど素人かと」

檜川が述べた。

「……待て」

鷹矢が檜川を制した。

「どういうもめ事かわからぬときから、手出しをするわけにはいかぬぞ。そなたは東城の家臣だ。その家臣が町で無頼らしきとはいえ、町人に暴力を振るったとあれば問題になる」

「……浅慮でございました。つい」

「わかっておる。そなたが吾の身を案じてくれてのことだとな。うれしく思うぞ」

反省した檜川を鷹矢は褒めた。主君として家臣の心配りに感謝をしなくてはならない。それを重ねることで、ようやく主君は主君になり、家臣は忠誠心を抱くようになる。

「いかがすれば」

「枡屋が襲われるようならば、遠慮なく排除する。枡屋は禁裏付出入り絵師だからな。守るだけの理由がある」

町奉行所や京都所司代が介入してきても、出入りの絵師を無頼から助けるための行為だとして突っぱねることができた。

「そのときは……」

「一人は残せ。尋問する」

気配の変わった檜川に、鷹矢が命じた。

「お任せを」

檜川が足下を確かにすべく、雪駄《せった》を脱ぎ、足袋裸足になった。

# 四

会所のなかで枡屋茂右衛門は不機嫌を隠そうともしていなかった。

「で、儂におとなしい隠居しとけと言いたいわけやな、棚屋はんは」

枡屋茂右衛門が目の前にいる錦市場の顔役棚屋に確認した。

「そうや。商いから隠居して算盤《そろばん》を絵筆に代えたんやろ、なら市場のことからも手を引きいな」

棚屋が迫った。

「儂も引きたいわ。絵だけ描いてたいけどな、後を任せられへんよって、こうやって出てこなあかんようになってるんやろ」

枡屋茂右衛門がため息を吐いた。

「五条市場のときもそうや、おまはんらなんもでけへんやったやないか。もうちょっとで錦市場はなくなってしもうたんやで」

厳しい口調で枡屋茂右衛門が棚屋とそれに同心している連中を批判した。

枡屋茂右衛門の言う五条市場の一件とは、五条市場が東町奉行所を巻きこみ、錦市場の乗っ取りを仕掛けてきたことだ。錦市場が持っていた開業の免状を危うく無効にされそうになったのを、枡屋茂右衛門が絵師として得た人脈を駆使してこの企みを潰した。

「なにより、おまはんは、禁裏付さまを怒らせたやないか」

枡屋茂右衛門が棚屋を責めた。

「あ、あれも市場のことを思ってじゃ」

棚屋が言い返した。

先日錦市場を視察した鷹矢たちを、町方だと勘違いした錦市場の若い者が襲った。その後始末に世話役だった棚屋が出張り、鷹矢を欺してことをつごうのいいように終わらそうとした。それを鷹矢が見破り、棚屋は這々《ほうほう》の体《てい》で逃げ出す羽目になり、その後始末に枡屋茂右衛門が奔走した。

「過去のことは、もうええ。それについては、儂らも枡屋さんの功績を認めている。しゃあけどな、世のなかは変わって行くもんや。それに応じてこちらも変わらんと取り残されてしまうやろ」

棚屋が反論した。

「それが五条市場との統一かいな。あほらしい」

　鼻で枡屋茂右衛門が笑った。

「五条市場と錦市場は近い。その二つが一緒になったら、競争相手が増えるだけやで。錦市場の馴染みやったお客はんが、迷うだけや。かえって混乱することになる。やめとき、やめとき」

　枡屋茂右衛門が説得した。

「混乱しても、大坂商人に乗っ取られるよりはましや」

　棚屋が言い返した。

「乗っ取る……錦市場をか。あほ言いな。錦市場は歴史ある店ばっかりやで。それが京へ上ってきたばかりの大坂商人なんぞに乗っ取られたりするかいな。みんな、代を重ねてきた矜持《きょうじ》がある」

　大きく手を振って枡屋茂右衛門が手を振った。

「金や、金。大坂商人は金を持ってる。錦市場のなかにも、左前な店はいくつもある。そのあたりは金を積まれたら弱い」

「五条市場と一緒になっても、それは変わらへんわ。努力がたらんかった店は潰れる。神代の昔から決まってるこっちゃ」

枡屋茂右衛門があきれた。

商いは厳しい。

いや、客は厳しいと言い換えるべきである。客は少しでも安いものを、良い品を求める。

さらに仕入れも考えなければならない。今日はなにが売れるかを考えないと、仕入れた商品が大幅に売れ残り、損失を生み出しかねない。

商人はそれを理解していなければならない。単にものを仕入れ、それに儲けを乗せて販売すればいいというものではない。

そう、馬鹿に商いはできなかった。

「潰れる店は潰れる。それはわかってる。今更手助けしても、店主が変わらん限り、穴の開いた桶《おけ》に水を汲んでるようなもんや」

棚屋が同意した。

「そんな店は切り捨てたらええ。今までも何十軒という店が潰れ、同じだけ新しい店が生まれたさかいな。問題はそこやない。大坂の商人が金を手に乗り込んできたとき、それに対応できるだけの体力が錦市場にはないのが問題や」

「そうなったんは、五条市場が町奉行所はんを仲間に、攻めてきたからや。いわば、五条市場のせいやないか。その五条市場に助けを求めるちゅうんかい」

枡屋茂右衛門が棚屋をにらみつけた。

「悔しいわ。儂かて、五条市場は憎い。しゃあけど、大坂よりましじゃ。大坂は金しか考えてへん。儲けになるかどうかだけや。歴史や、伝統やなんぞ気にもしよらん。そんな大坂に翻弄《ほんろう》されるよりは、同じ京の五条市場のほうが、まだましや」

棚屋が怒鳴り返した。

「まだましで手、組むんか」

情けないと枡屋茂右衛門が声を荒らげた。

「枡屋はん、そうせな勝たれへんのですわ。それだけ強敵やねん」

「誰や、その強敵っちゅうのは」

棚屋の言葉に枡屋茂右衛門が訊いた。

「大坂商人の桐屋ですわ」

「桐屋……聞いたことのない名前やな」

枡屋茂右衛門が怪訝な顔をした。

「やっぱり知りはりませんか。知ってはったら、さすがは枡屋はんとなって一目置きましたのに。大坂でも指折りの金満で、京にも出店を持ってますわ」

棚屋が勝ち誇ったように笑った。

「これはとあるお公家さまが、わたくしだけにと言うて教えてくださったことですけどな、桐屋が錦市場を傘下に入れようとしていると」

値打ちを高めるように棚屋がもったいぶった。

「……度しがたいやっちゃなあ」

大きく枡屋茂右衛門がため息を吐いて見せた。

「前門の虎を追いやるのに、後門から狼《おおかみ》を招き入れてどないすんねん。虎を追い返しても、狼に喰われたら、死んでしまうんやで」

「五条市場は、そこまでせえへん。なあ、みんな」

否定した棚屋が他の商店主たちに同意を求めた。

「そうや、そうや」

「棚屋はんの言うとおりや」

一部の商店主たちが声をあげた。

「……人は鈍するとこうなるんやな。五条市場と存亡をかけて戦って、まだそんなに経ってへんのに。喉元過ぎれば熱さを忘れるとはこれか」

枡屋茂右衛門が力なく首を横に振った。

「生者必滅会者定離《しょうじゃひつめつえしゃじょうり》は摂理やで。いつか人も店もなくなる。なくならないのは、名前だけや。錦市場が滅ぶにしても、最後まで抗《あらが》うべきやろう。錦市場は五条市場にも、町奉行所にも、大坂にも屈しなかったという誇りを……」

「誇りでは、喰えまへんやろう」

不意に襖が開いて、中年の男が入ってきた。

「誰や。今は話し合いの最中や、かかわりのないお人は遠慮してんか」

枡屋茂右衛門が礼儀を心得ず、入室の許可もとることなく入ってきた男を冷たくあしらった。

「かかわりはあるんや。なあ、古着屋の辰巳《たつみ》屋はん、乾物屋の丹波《たんば》屋はん」

中年の男がたった今五条市場との合併に賛意を示した二人の商人に笑顔を向けた。

「でおますな」

「参加してもらうべきですわ」

二人の商人がうなずいた。

「どちらはんや」

棚屋が誰何《すいか》した。

「これは失礼しましたな。わたくし大坂肥後橋で商いをしております桐屋早兵衛《さへえ》と申します。お見知りおかれて、以後よろしゅうに」

「な、なに……」

「………」

　枡屋が驚愕し、枡屋茂右衛門は目を細めた。

「どうやら、わたくしのお話のようで、ご一緒させてもらったほうがよろしいやろ。又聞きするより、直接答えたほうが、皆様方もおわかりやすいでしょうしな」

　桐屋が笑った。

「なにを言うねん。ここは錦市場の会所や。関係ないもんは出て行け」

　棚屋が興奮した。

「そう、冷たくしなはんな。なあ、辰巳屋はん」

　桐屋が辰巳屋を見た。

「さいですな。桐屋はんはすでに錦に店をお持ちですよって、会所を使っても問題おまへん」

「すでに店を持っているだと……」

　枡屋茂右衛門が桐屋を見た。

「鶴《つる》屋と西崎《にしざき》屋を買わせていただきました」

「……馬鹿な」

答えた桐屋に、棚屋が絶句した。

「どちらも金に困っていた店やな」

「はい。お金が要るということでしたので、手助けをさせていただきました」

じろりと見た枡屋茂右衛門に、飄々《ひょうひょう》とした顔で桐屋が答えた。

「しかし、今日も鶴屋はんと西崎屋はんは店に出てたで。買われたんなら、二人とも出ていかなあかんのとちゃうんかい」

棚屋が文句を付けた。

「ああ、二人ともそのまま店番として雇ったんですわ」

なんでもないことだと桐屋が応じた。

「…………」

言い返された棚屋が黙った。

「ということで、わたくしがこれに参加してもおかしくはございませんな」

桐屋がそういって末席に腰をおろした。

「辰巳屋はん、丹波屋はん、どういうこっちゃ」

棚屋が二人に嚙みついた。

「二人とも五条市場との合併に賛成やったはずや。どころか、この話を持ってきたんは、おまはんらやろ」

「状況が変わっただけでっせ」

「そうや、五条市場よりも桐屋はんのほうが、ためになるよって」

辰巳屋と丹波屋が言いわけをした。

「なにがためになるっちゅうねん」

棚屋が怒鳴った。

「五条市場との合併は、錦市場の消滅や」

「そんなもん、最初からわかってたやないか」

辰巳屋の言葉に、枡屋茂右衛門が吐き捨てた。

「……でもな、桐屋はんは違う。錦市場の名前はそのままで手助けだけしてくれはんねんで」

「だけやないわ。五条市場を振り払うだけやなくて、こっちのものにしてくれるとまでおっしゃってくださってるんや。あの憎き五条市場を、錦市場が差配すんねん。気持ちええやろ」

二人が桐屋を持ち上げた。

「錦を名実ともに京一番の市場にしようやおまへんか」

桐屋が笑みを浮かべたままで言った。

「…………」

反論のもとを失った棚屋が黙った。

「勝負にならんの」

勢いを失った棚屋に、枡屋茂右衛門が首を横に振った。

「皆はん、いかがでっか。桐屋はんに錦市場の世話役をお願いしては」

辰巳屋が一同を見回した。

「お金に困ってる店には、融通もしてくれはるで」

丹波屋も続いた。

「…………」

一同が顔を見合わせた。

「阿呆《あほ》らし。つきおうてられへんわ」

枡屋茂右衛門が腰を上げた。

「世話役は、錦市場の者でないとあかん決まりや。まあ、そこは目つぶってもええけどな、少なくとも店の主になって二十年は経たんとなれへんのが慣例じゃ。とても桐屋はんに世話役はさせられん」

「そ、そうや」

うつむいてた棚屋が顔をあげて賛意の声をあげた。

「なにより大坂に住んでる者《もん》に、世話役なんぞさせられへんわ。そんなまねしたら、京洛の笑い者じゃ」

棚屋が勢いを取り戻した。

「たしかに」

「そうやの。錦市場の伝統がなあ」

押されていた他の店主も敵に回った。

「決まりじゃ。去《い》ね、桐屋」

打って変わって棚屋が元気になった。

「へいへい。今日は日が悪いようでんな。ほな、また来まっさ」

意外とあっさり桐屋が引いた。

「辰巳屋はん、丹波屋はん、行きましょうか」

「はいな」

「よろこんで」

桐屋に誘われた辰巳屋と丹波屋がしたがった。

「五条市場も頼りになるもんやな」

枡屋茂右衛門が棚屋へ皮肉を投げた。

「辰巳屋も丹波屋も五条市場がいっちゃんええと言うてたのに……」

棚屋が力なくうなだれた。

「足下も見えんようなやつに市場を任せられへんわ」

「そうや、そうや。さすがは枡屋はんや」

「おかげはんで、助かりました」

一同が口々に、枡屋茂右衛門を称賛した。

「そんなんやから、儂が隠居でけへんねん。わかってるか、皆」

「うっ……」

「それは」

立ったままで一同を見渡した枡屋茂右衛門に、店主たちが詰まった。

「おっと、これ以上は遅れられん。帰るわ。皆で、よう話し合い」

言い残して枡屋茂右衛門が背を向けた。

会所を出た桐屋の顔はゆがんでいた。

「なんや、あの枡屋ちゅうのは」

「青物問屋の隠居で、今評判の若冲ちゅう絵描きですわ」

問うた桐屋に辰巳屋が告げた。

「あれが、枡屋か。話には聞いていたが……うっとうしいな。やはり片付けておくか」

「な、なにを」

桐屋の言葉に、丹波屋が顔色を変えた。

「無茶したらあきまへんで。あの枡屋はんは、公家衆どころか名刹《めいさつ》の和尚《おしょう》はんにも顔の利くお人や。京で公家と寺を敵に回したら、勝負になりまへん」

丹波屋が必死に止めた。

「そうか。そんなに力があるんやったら、よけい早めに片付けとかなあかんな。敵に回る前に……」

感情を面に出さず、桐屋が言った。

「桐屋はん」

「ちいと待っておくなはれ」

丹波屋と辰巳屋が桐屋を宥めようとした。

「うろたえな。あんたらも錦市場を裏切ったんや。今更なにを言うてんねん。逃げられると思いなや。肚くくり」

桐屋が強い声で二人を脅した。

「そんな……」

「ひいっ」

二人が怯えるのを目端に留めながら、桐屋が手を上げた。

「……お呼びで」

すっと無頼の一人が寄ってきた。

「もうすぐ会所から出てくる隠居を片付けてしまい」

「一人だけで」

「ああ。一人や。枡屋茂右衛門ちゅう隠居だけや。抜かりなや」

「へい」

念を押した桐屋に、無頼がうなずいた。

# 第五章　始まった闘

## 一

市場というのは朝のうちにこそ混む。とくに青物は、朝近隣の村で穫《と》れたものが市場へ運ばれ、商品として並べられるため、夕刻になるとものがなかったり、あっても傷《いた》んだものになるからだ。もっともあえてそれを狙い、安いものを手に入れようとする者もいるため、閑散とまではしていない。

「ずいぶんといい身形《みなり》の男が出てきたな」

「二人、従えているようですし」

会所から出てきた桐屋と辰巳屋、丹波屋を鷹矢たちは見つけた。

「初めて見る顔だが……無頼どもを集めた」

「無頼の態度から見て、あの身形の良い商人が雇い主のように見えまする」

檜川がさりげなく鷹矢を隠すように身体の向きを変えた。

「無頼どもが離れた。最初の位置へ戻った」

「気配が剣呑《けんのん》なものに変わりましてござる」

鷹矢の言葉に、檜川が続けた。

「枡屋以外が襲われたときは、手出しするな」

もう一度、鷹矢が釘を刺した。

「承知」

一言で檜川が応じた。

「……枡屋どのでござる」

檜川が告げた。

「よし、行くぞ。拙者と合流したことで、無頼どもがあきらめてくれればなによりだ」

市場での立ち回りなど、あえてしたいものではない。かかわりのない者を巻きこむのは、後処理だけでなく、心にも負担がかかる。

「そうであれば、よろしゅうございますが」

油断なく目を飛ばしながら、檜川が従った。

「……典膳正はんやおまへんか」

近づいてくる鷹矢に、枡屋茂右衛門が気づいた。

「お待たせしすぎましたか、申しわけおまへん」

待ちきれなかったかと枡屋茂右衛門が推測した。

「なに、役目を終えて帰れば、暇だからの。気分を変えがてら足を延ばしただけじゃ」

にこやかに鷹矢は応じた。

「では、うちへご案内いたしましょ。少しお休みいただいてから、お屋敷へご一緒いたしましょう」

枡屋茂右衛門が提案した。

「遠慮なく、世話になる」

鷹矢は同意した。

「おいっ。待ってもらおうか」

合流した三人の前に、無頼が一人立ちはだかった。

「先ほど、桐屋と話をしていた男でございまする」

小声で檜川が教えた。

「……何者だ。往来で武士を呼び止めるなど、無礼であろう」

まず鷹矢は身分を盾にした。

「旦那にはかかわりございません。どうぞ、お通りを。こっちの用があるのは、そこの隠居で」

慇懃《いんぎん》な口調で、無頼が鷹矢たちに離れろと言った。

「枡屋参るぞ」

「はい」

相手にせず鷹矢が枡屋茂右衛門を促して歩き出した。

「聞こえてねえのか、おい。その隠居を置いていけと言ったのだぞ」

無視された無頼が怒った。

「無礼者。拙者を禁裏付東城典膳正と知ってのことか」

鷹矢が怒鳴りつけた。

「関係あるかあ。役人が怖くて博徒《ばくと》ができるけえ。おい、みんな」

無頼が大声で仲間を呼んだ。

「しゃっ」

その瞬間、檜川が前に出た。

「……がっ」

立ちはだかっていた無頼が崩れ落ちた。

「うおっ」

枡屋茂右衛門があまりの早業《はやわざ》に驚愕した。

「殺してはおりませぬ。胸骨という急所を柄《つか》で強く打ちましてございまする。痛みの余り気を失っただけで」

檜川が説明した。

「見事だ。行こうか、枡屋」

「こちらで」

うながされた枡屋茂右衛門が先に立った。

「ま、待ちやがれ。てめえ、岩の兄貴になにをしやがった」

後から駆けてきた三人の無頼が、大声でわめいた。

「殺すなよ。死なせさえしなければ、今の言葉で十分無礼として咎められる」

無礼討ちはまず通らない。とはいえ、庶民に侮られたままでは、覚悟が足りないと叱られる。武士というのは偉そうにしている裏で、いろいろと気遣いをしなければならないものであった。

「お任せを」

許しを得た檜川が動いた。

「なんだ」

「おうわっ」

「ぎゃっ」

瞬きするほどの間で、三人が伏せた。

「い、息が……」

「痛てえ」

「あああ」

三人がそれぞれに鎖骨を押さえてうめいた。

「下手に動けば、折れた骨が肺腑《はいふ》に刺さるぞ」

鷹矢が助言をした。

「雇い主に伝えておけ。枡屋への手出しは無用だとな」

痛みで聞こえているかどうかわからなかったが、鷹矢は一応伝言を預けた。

「はああ、お強い」

枡屋茂右衛門が呆けていた。

「これで飯を喰ってきたのだ」

檜川が胸を張った。

「もっとも、ここ最近は、己でもわかるほど剣速が早くなっている。これが主を守る武士というものの心構えなのだろう」

感慨深そうに檜川が述べた。

「主君を死なせたら、家臣は生きてられませんわな」

枡屋茂右衛門も納得した。

「野次馬が出てきましたし、足留めされても邪魔くさいですよって、行きましょうか」

そう言って枡屋茂右衛門が歩き出した。

少し離れたところから、桐屋たちも一部始終を見守っていた。

「なんやねん、あいつらは。枡屋の用心棒かいな」

あっという間に四人の無頼がやられたことに桐屋が呆然とした。

「ち、違いまっせ。あの若い方の武士が、禁裏付ですわ」

丹波屋が鷹矢を指さした。

「禁裏付、あれが。あんな若いのが、公家の相手をしてるっちゅんかい。阿呆な」

桐屋が目を剝いた。

「もう一人は、禁裏付の家臣か」

「へい。そうやと思います」

辰巳屋が答えた。

「なんであいつらが、錦市場におんねん」

「枡屋に会いに来たんと違いますか」

問うた桐屋に丹波屋が述べた。

「呼び出すんやのうて、自ら足を運ぶと……そんなに深い仲なんか」

「なんでも枡屋が禁裏付に頼まれて絵を描いてるとか」

辰巳屋が事情を語った。

「また絵かい。たかが紙に絵の具をおいただけのもんに、なんでそんな価値があんねん。絵見てても腹は膨れへんちゅうに」

桐屋が腹立たしげに言った。

「まあええ。あれが禁裏付か。所司代はんが言うてはった奴かいな。若造には違いないが、禁裏付になるほどや、そこそこできるんやろうな。もっとも、そんなもん数の前には嵐のなかの木みたいなもんや」

「まさか……」

「………」

にやりと笑った桐屋に辰巳屋と丹波屋が息を呑んだ。

「四人で足らんねやったら十人、十人で不安やったら二十人、二十人でも気になるんやったら三十人。数はなんぼでも雇える。一騎当千なんぞ物語やないねん、おるわけない。数の多いほうが勝つ。これは決まりごとじゃ」

桐屋が自信ありげに断じた。


同様に檜川の戦いを見ていた者たちがいた。

「檜川の動きではないぞ。沢野《さわの》氏」

「ああ、とてもあの檜川とは思えぬ」

浪人もの二人が顔を見合わせた。

「大坂で道場をやっているなかでは遣い手と言えたが、あそこまでの腕はなかったぞ」

「拙者は一度手合わせをしたことがある。覚えておらぬか、四年前じゃ、福岡黒田家の大坂蔵屋敷で足軽を求めていたことを」

沢野と呼ばれた浪人が口にした。

「おお。たしか五年と期限を切ってのものだったな。扶持も五人扶持と少なかったので、拙者は行かなかったが……」

「拙者は受けたのだ。五年でも安定できればいいと思ってな。それに出来が良ければ、そのまま奉公を続けられるという話でもあったしな」

さみしそうな顔を沢野がした。

「模範試合でもあったか」

「奥出《おくいで》氏の言われるとおりよ。簡単な人体《にんてい》質問のあと、剣術の腕を見ると言ってな、竹刀での稽古試合をさせられた」

沢野が思い出した。

「足軽になんで剣術が要ると首をかしげたが、お偉いかたの言うには、足軽とはいえ黒田の名前を冠するには、ふさわしいだけの武技がなければならぬとかでな。大坂蔵屋敷の重職が座敷から見下ろすなか、竹刀を振らされた」

嫌そうな顔で沢野が語った。

「結果はどうだったのだ」

奥出が問うた。

「勝った。圧勝というわけではないが、とりあえず拙者が檜川の右小手を打った」

少し誇らしそうな顔を沢野が見せた。

「体のいい見世物だろう。はたして本気だったのか」

手を抜いていたのではないかと、奥出が疑った。

「拙者が相手をしたのだぞ。手を抜いているかどうかくらいわかるわ」

沢野が機嫌を悪くした。

「気に障ったか。すまん。そんなつもりではなかったのだが」

慌てて奥出が詫びた。

「……よかろう」

少し間を置いて沢野が受け入れた。

「で、あらためて訊くが、あの檜川とやりあったとしたらどうだ」

奥出が尋ねた。

「まず互角、真剣ならばかろうじてというところだろうな」

沢野が答えた。

「あの禁裏付は勘定に入れずとも良かろうが、我ら二人だけで……」

「いけるだろうが、確実を期すならばもう一人欲しいな」

奥出の読みに、沢野が慎重な意見を出した。

「増員を頼んでみるか」

「止めておこう。無駄だからな。二人でできることなら、三人は不要だと言われるだけだ。最初に話を聞いたときに思っただろう」

提案した奥出に、沢野が首を横に振った。

「たしかにな。今どき、ことをなしたら仕官という話は珍しいからな。怪しいと言えばこれほど怪しいものはないが、こちらもそろそろ三十歳をこえているという事情もある。いつまでも身体を使って金を稼げるとは限らぬ。怪我をしても、病を得ても野垂れ死ぬしかなくなる」

「後がない」

奥出の言葉を沢野が一言で表した。

「仕官できれば、嫁ももらえる。子も作れる」

「長屋を追い出される心配もなくなる」

二人が夢と不安を語った。

「どうする。もう一度念だけ押しておくか」

「そうよなあ。思ったよりも敵が強いのだ。その辺りを報告するという振りで、条件をもう一度確認するのは名案だと思うぞ」

奥出と沢野の相談がまとまった。

「木屋町の茶屋いづう屋に言えば、連絡が付くということだったの」

「ああ。では、そこへ行くとしようか」

二人が踵《きびす》を返した。

二

枡屋に着いた鷹矢と檜川は、そのまま二階へと案内された。

「すんまへんな。一応、店は弟に譲ってますよって、厄介者扱いなんですわ。狭いところですけどな」

申しわけなさそうに、枡屋茂右衛門が頭を下げた。武家でも商家でも隠居は当主に遠慮するのが慣例である。

「いや、勝手に来たこちらが悪いのだ」

鷹矢が気にするなと手を振った。

「……………」

無言で檜川は部屋の出入り口付近に腰を下ろした。

「そういえば、ご内儀はおられるのか」

女の気配さえしない部屋に、鷹矢が問うた。

「妻もおりましたが、もう亡くなりました。あいにく子供もできませんで」

「すまぬ。気づかぬことを訊いた」

鷹矢が詫びた。

「いえ。お気になさらず。まあ、それも隠居を後押ししてくれたんですがね。妻も子もなくば、店を続けて行く気になりませんわ。暖簾は代を続けてようやく老舗になります。錦市場でようやく名前が知れた枡屋をわたしの代で終わらせるわけにはいきまへんやろ。対して絵師は違いま。絵師の技は一人のもの。わたしが死んだからちゅうて、引き継がれるもんやおまへん。弟子を取って鍛えて、二代目を名乗らせたところで、その絵はわたしのものとは違う。一代で終われる絵師こそ、わたしにふさわしい」

小さく枡屋茂右衛門が笑った。

「…………」

枡屋茂右衛門の話に、鷹矢は引き込まれていた。

「形あるものは残さなあきまへん。でも、形のないものは、残らへんのですわ。技っちゅうのは、そういうものですやろ。宮本武蔵はんの二刀流は今も続いてますけど、始祖ほどの威力はでまへん。弘法大師《こうぼうだいし》はんのお筆をまねできる書家はいてます。でもそれは偽物や」

「想いの差か」

「さようで。宮本武蔵はんがどれほどの期間と修業を重ねて二刀流を編み出したか、それができあがった形を教えられた弟子にはございまへん。弘法大師はんの書も同じ。残された書を見て学ぶことはできますが、そのときお大師はんがなにを想いながら、筆に墨をしみこませていたかは、誰にもわかりまへん」

枡屋茂右衛門が続けた。

「比べるのもあれですが、わたしの絵もそうですわ。誰にもまねでけへんもんをと思うて描いてます。想いをこめて描けば、偽物が出たところでわかる人にはわかりますやろ」

「深いな」

鷹矢は感心した。

「ああ、えろうすんまへん。変な話をしてしまいました。ご用件を伺わなあかんのに」

枡屋茂右衛門が気づいて慌てた。

「いやおもしろくためになる話であった。いい勉強をさせてもらった。旗本の当主として、家を継いでいかねばならぬ者として、吾はまだまだ若い」

鷹矢が勉強になったと感謝した。

「さて、用というのは……」

広橋中納言から持ちかけられたことを鷹矢は枡屋茂右衛門に話した。

「名所旧跡ですか。たしかに、お公家はんと話をするに名所旧跡と歌は必須ですけどなあ……」

枡屋茂右衛門が難しい顔をした。

「なにが気になる」

鷹矢が尋ねた。

「いや、わたしが知らないだけかも知れまへんが、今までの禁裏付はんが、お公家はんと名所旧跡回りをしたと聞いた覚えがおまへん」

「一緒に回る気はないぞ。それこそ相手に気を遣って、名所旧跡を見るどころではなくなるからな」

露骨にわかるほど鷹矢が頬を引きつらせた。

「たしかに苦行ですわな。禁裏付はんのほうが力は強いけど、格ならその辺の端公家はんが上になりますよってに。禁裏付としてのお仕事でない物見遊山となれば、官位に応じた扱いをせなあきまへん」

日頃押さえ付けられている禁裏付を使い走りにできるとあれば、公家は喜々として無茶を振ってくる。

「それだけですみまへんやろうなあ」

「まだあるのか」

しみじみと言う枡屋茂右衛門に、鷹矢がため息を吐いた。

「典膳正はんは、近江八景をご存じで」

「知らぬ」

「京五山は」

「聞いたことがあるな」

枡屋茂右衛門の質問に、鷹矢は否定を続けるしかなかった。

「馬鹿にされまっせ。こんなんも知らんのかと。これやから東夷は雅《みやび》を理解せんと嘲笑してくれはりまっせ」

「むうう」

馬鹿にする、嘲笑《あざわら》うと言われていい気はしない。鷹矢は唸った。

「典膳正はん」

真剣な声を枡屋茂右衛門が出した。

「なんだ」

鷹矢も緊張した。

「おかしいと思うところでっせ。今更名所旧跡を回ったところで、そんな付け焼き刃で、典膳正はんがお公家衆とまともにお話しできるはずおまへん」

「たしかにな。寺の名前と由緒を覚えるのが精一杯だろうな」

枡屋茂右衛門の言い分を鷹矢は認めた。

「名所旧跡には、由緒以上に大事なもんがおます。その名所旧跡を昔の有名なお公家はんが読んだ歌ですわ。それまで覚えて、解釈して、それに応じるだけの返歌を即興で作れるくらいにならんと勝負になりまへん」

「無理だな。それが一カ所か二カ所ならまだしも、何十とあるのだろう」

「百ではききまへん。まあ一年や二年でどうにかなるもんやおまへん。代々することがなく、物心ついたときからそればっかりやってるお公家はんなればこそ、形になりますねん」

はっきりと枡屋茂右衛門が告げた。

「それを武家伝奏というお役目をしていて、旗本はんとはどんなもんやともっともよく知っている広橋はんが勧めはる。どう考えても……」

「罠……」

鷹矢が口にした。

「誰がと言うまでもないか」

「二条はんでっしゃろなあ」

枡屋茂右衛門も同じ考えだと言った。

「知っているのか」

あのとき、枡屋茂右衛門はいなかった。鷹矢は驚いた。

「洛中に広がってまっせ。あの松波雅楽頭はんを禁裏付はんが撃退したちゅうて」

「撃退……そこまでのものではないぞ」

鷹矢が啞然とした。

「松波雅楽頭はんというたら、摂関家の家宰のなかでも強引で鳴らしてはりました。泣かされた商家も両手で足りまへん。そんな化け狸《だぬき》みたいな松波雅楽頭はんの策を破った。たかが旗本に公家が策を仕掛けて負けた。これは二条はんの失点ですわ。さぞや二条はんは裏で笑われましたやろ」

「むっ」

枡屋茂右衛門の説明に、鷹矢が眉をひそめた。

「それに……典膳正はん、南條の姫はんを送り返しましたやろ」

「返したぞ。さすがに敵側として露骨に動かれたとあっては、放ってもおけまい」

責めるような枡屋茂右衛門に鷹矢が応じた。

「そういえば、典膳正はんは、前から南條の姫はんが、二条はんの手の者やと」

「知っていた。というより教えられただな。まあ、それでも別段どうということもなし、役立ってくれていたからな」

「なるほど。ちょっと急ぎ過ぎたんでんな、気の長いのが公家はんの長所やちゅうのに」

枡屋茂右衛門が腑に落ちたと膝を叩いた。

「それがどうかしたのか」

「はい。南條の姫はんを追い出した。それは二条はんとの縁を切ったという証《あかし》になりますねん。今まで南條の姫はんを通じて手に入れていた典膳正はんの情報が途絶える。何を考え、どうするかがわかってたのが、一気に暗闇ですやろ。敵対したと取られてもしょうおまへん」

「そう取られたか」

「他人《ひと》というものは、そういうもんでっせ。こちらの意図してない取りかたをする。それを避けたければ、どうやっても曲解できないように、詳細を書き連ねた文章を付けなければなりまへん」

「……そこまでせねばならぬのか」

鷹矢があきれた。

「誰もしまへんけどな。わざと言葉足らずで誤解させるときもおますし」

「それは卑怯《ひきょう》だろう」

策の一つだと言った枡屋茂右衛門に、鷹矢が嚙みついた。

「相手がどう取るか。そこまでこっちは責任取りまへん。そういうもんです。そして、言葉や態度で他人を翻弄するのがお公家はんの得意技ですわ」

枡屋茂右衛門が甘いと鷹矢を諭した。

「では、二条さまも……」

「わかりまへん。本気で怒ってはるのか、お芝居なのか、なにか別の思惑があるのか」

「枡屋でもわからぬか」

「公家はんの考えていることがわかるのは、神さんだけでっしゃろなあ。あまりに権謀術数を駆使しはるから、本人でさえなにを考えてるのかわからへんという話もあるくらいでっさかいに」

枡屋茂右衛門も嘆息した。

「なんだそれは。まるで化けものではないか」

鷹矢が身を震わせた。

「だから、徳川家康はんは、江戸に幕府をおきはったんでっしゃろ。京から離れて、少しでも影響が及ばないようにと。京に近かった織田信長はん、豊臣はん、どちらも滅んではりますから」

「待て。織田信長公は家臣の明智光秀《あけちみつひで》の謀叛で討ち死にされ、豊臣は徳川によって滅ぼされたはず」

枡屋茂右衛門の意見に、鷹矢が異を唱えた。

「見た目はそうですけどな、明智はんが信長はんを襲ったのはなんでですねん。なにやら他人《ひと》前で恥かかされたからやと言われてますが、そのていどで取り立ててくれた主君を討ちますか。失敗しても成功しても待っているのは滅びでっせ。信長はんを殺し損ねたら、最強と言われた武田を滅ぼした鉄炮隊を引き受けんならんし、成功したら主君の仇討《あだう》ちやと言うてくる秀吉はん、柴田勝家《しばたかついえ》はんなんかと戦わなあかん。どう考えても割り合わんでっせ。豊臣はんもそうです。豊臣秀頼はんは内大臣という位をお持ちでした。内大臣いうたら、禁裏でも上から数えて片手の指に入るほどの高官でっせ。その高官を征夷大将軍が討伐する。ちいと名分が足りないんと違いますかいな」

あたりを憚《はばか》るように、枡屋茂右衛門が声を潜《ひそ》めた。

「後ろに朝廷があったと」

「わかりまへん。わたしはただの絵師ですよってな。でも、そう考えたほうが話は通りますやろ。献金をくれて洛中の治安を回復した信長はん、阿呆な朝鮮侵攻をしたとはいえ、乱世を終わらせ天下の秩序を都合よくとはいえ建て直した豊臣はん、どちらも朝廷への功績大ですやろ。それを認めたからこそ、朝廷は信長はんに右大臣を、豊臣はんに関白を下さった。その両家が今やどうです。織田はんは小大名、豊臣はんは血筋さえ残ってまへん。どちらも戦国の倣《なら》いとはいえ、酷い話ですわ」

「…………」

豊臣を大坂に攻め滅ぼしたのは徳川である。鷹矢の先祖も大坂の陣に従軍し、その結果、加増を受けたとされている。枡屋茂右衛門の話に同意はできなかった。

「対して、お公家はんは滅ぶことなく続いている。これから見ても、お公家はんは愚かやないとわかりまっせ。生き残って代を繋いできはったんや。一代の勇将が作りあげた大名はんは、いくつ滅びました。加藤清正《かとうきよまさ》はん、福島正則《ふくしままさのり》はん、小早川秀秋《こばやかわひであき》はん、宇喜多秀家はん、他にもなんぼでも指折れまっせ」

枡屋茂右衛門が数えて見せた。

「数十万石を手にした大名はんでも保てなかったのが乱世でっせ。それを公家はんはずっと生き残ってきた。武力のない公家はんがどうやって、乱世の荒波をこえたのか」

「智恵……」

「そうです」

呟いた鷹矢に枡屋茂右衛門がうなずいた。

「今度の名所旧跡巡りは、やはり罠か」

「止めときはったほうがよろし」

枡屋茂右衛門が出かけるべきではないと助言した。

「行ったところで無意味ですし、あえて火のなかに飛びこまんでも、公家はんの話が聞きたいなら、わたしが懇意にしているお方をご紹介申しあげまっさかい」

懇切ていねいに枡屋茂右衛門が語った。

「かたじけない。おぬしの好意には、ただただ頭を下げる」

「では……」

枡屋茂右衛門が鷹矢を見つめた。

「だが、ただ逃げるだけでは、二条さまの意図はわからぬ。本気で吾を害すつもりなのか、脅しをかけるだけなのか、突き詰めれば、二条さまは吾になにを求めておられるのか。それを知らねば、いつまでも暗中模索のままだ」

「典膳正はん、なにを」

「虎穴に入らずんば虎児を得ず、死中に活を求めるとも言うではないか。吾はあえて乗ってみようと思う」

啞然とする枡屋茂右衛門に、鷹矢は宣した。

「罠でっせ」

枡屋茂右衛門が重ねて注意を促した。

「わかっていれば、それは罠ではなかろう」

「はあ……」

食い破ってみせると告げた鷹矢に、枡屋茂右衛門が盛大なため息を漏らした。

「若いっちゅうのは、無謀ですなあ」

枡屋茂右衛門が首を左右に振った。

「しゃあけど、うらやましい。若いときはなんでもできる。わたしもそう思ってましたな。いつの間にか、己のできることには限界があると枠を嵌《は》めてしまいましたが……」

「まだまだ枡屋も若いではないか」

微笑む枡屋茂右衛門に、鷹矢が告げた。

「他人様《ひとさま》に説教垂れるようになったら、若くはおまへん」

枡屋茂右衛門が否定した。

「わかりました。では、どこへ行かれるのがええか、考えましょ。罠を張りにくく、破りやすいところは……南禅寺がええか、山崎がええか」

「もう一つ条件を付けてよいか」

いろいろと名所旧跡を思い浮かべている枡屋茂右衛門に、鷹矢が口を挟んだ。

「なんですやろ」

「できれば洛中から外れたところが助かる。多少派手なまねをしても京都所司代の目が届かないほうがありがたい。力の差を見せつけて、二度と同じことを考えられないようにしたい」

「やる気でんな。わかりました。お任せを。ええとこ探しますわ」

相手を確実に仕留めると断言した鷹矢に、枡屋茂右衛門が首を縦に振った。

三

近衛経熙は桐屋から預かった金をしっかりと撒いていた。

「御所御用達ですかいな。その前に当家出入りの看板を出してもよろしいで」

金をもらった公家たちは、判で押したように桐屋を紹介しろと要求してきた。

「近衛家出入りを許すつもりや。それでも出入りの看板を与える気か」

「いや、近衛はんが認めはったなら、こちらが申しあげることもなし」

近衛経熙がそう言うと、皆目を逸《そ》らした。

「ふん、直接桐屋と知り合って、麿を通じずに金をもらおうと考えたんやろうが、そうはいかんわ」

屋敷へ戻る牛車のなかで近衛経熙が吐き捨てた。

公家の御用達というのは、本来下級公家を皮切りに中級、上級とあがり、五摂家は何十年とそれらを積み重ねてようやく得られるものであった。

それを桐屋は最初に近衛家の出入りを得た。五摂家筆頭の出入りを許された商人に、下級公家あたりが声をかけたところで、なんのうまみもない。それこそ、下級公家の強請《ゆす》りを受けるだけで、損失ばかりになりかねなかった。

「桐屋の持ちこむ黄白《こうはく》は、全部麿のものじゃ」

近衛経熙が独りごちた。

が、それでおとなしく引くようであれば、公家は千年のときを生き抜いてこられない。

「右大臣はんも強欲な。我らにもお裾分けをくれてもええやろう」

近衛経熙から金を受け取った公家のほぼすべてが、裏で桐屋と繋がろうと蠢《うごめ》いた。

「桐屋という大坂の商人を探し出して、麿のもとへ連れて来いや」

公家の雑司たちが京洛を駆けずり、すぐに桐屋の京店を見つけ出してきた。

「目通りを許すさかい、ただちに参上しい」

雑司が桐屋に来いと伝えた。

「あいにく、主は大坂でございまして」

応対に出た九平次が断った。

「当家の招きを断るっちゅうのんか。商人風情がなにを言う。黙って従えばええんや」

事情を雑司は報されていない。桐屋が近衛経熙と繋がっているなどとわかっていないだけに、横柄な態度を取る。

「何々さまでございましたか。では、近衛さまにお話をして、お許しを得たらでよろしゅうございましょうか」

「近衛さま……なにを言うてんねん」

「あれを」

怪訝な顔をした雑司が、九平次の指さした先へ目をやった。

「ひゃっ」

雑司が腰を抜かした。

「近衛牡丹《ぼたん》の紋……」

店の神棚に並んで、近衛家の家紋が掲げられていた。

「おわかりですやろか」

「わ、わかった。邪魔をいたした」

九平次に念を押された雑司が逃げ出していった。

「……旦那はん、また来ましたで」

見送った九平次が、出店の奥で座っている桐屋に報告した。

「適当にあしろうとき」

「居留守と近衛はんの紋で、皆帰ってますが……旦那はんはよろしいんで。公家衆に顔売る好機ではおまへんか。それも向こうから呼んでくれてます。こちらから頼んだら、最初に挨拶金が要るところでっせ」

九平次がもったいないと言った。

「そんなもん、近衛はん以上の力はないねんで。無駄金じゃ」

あっさりと桐屋が切り捨てた。

「へい」

主人が決めたことに逆らわないのも奉公人の心得である。九平次はそれ以上言わなかった。

「しかし、人が集まらんな」

桐屋が不満を漏らした。

「大坂の連中、京まで出て来い言うたら、なんやかんやと理由を付けて断りおる」

「嫌がりますか」

九平次が問うた。

「ああ、黒門《くろもん》の泰吉《やすきち》も、鴫野《しぎの》の槍太郎《やりたろう》も、埋《う》め田《た》の仁介《じんすけ》も、京へ来よらん」

「縄張りですやろか」

文句を言う桐屋に、九平次が尋ねた。

「それもあるやろな。京には京の決めごとがある」

無頼にとって縄張りは生活圏として重要な場所だけに、よそ者の侵入をなかなか認めようとはしない。

「下手したらぶつかりまっさかいに」

相手の縄張りへ入りこんで仕事をする。これは掟破《おきてやぶ》りに近い。やむを得ず、入りこむときはちゃんと挨拶をしなければならない。怠《おこた》れば、命を懸けた喧嘩になる。

「そのへんは、こっちでするとと言うたんやけどな。情けないことや。大坂へ帰ったら、ちいとお灸《きゅう》を据えなあかん」

桐屋が苦い顔をした。

「どないしはります」

「京で集めるには、つきあいが浅いなあ。縄張りごえの挨拶くらいは受けてくれても、枡屋茂右衛門と禁裏付を襲うなんぞ、引き受けてくれへんやろ」

「へい」

九平次も同意した。

闇には闇の決まりがある。ちょっとした脅しや、博打場の案内くらいならば、初見の相手でも請け負うが、殺しとなるとよほど信頼関係を築いていないと難しかった。

博打や脅しくらいならば、町奉行所に現場を押さえられない限り、罪には問われない。

しかし、殺しは違った。そう再々あることではないだけに、町奉行所も必死になって下手人を追う。

恨み辛《つら》みがあっての殺人ならば、情状酌量も期待できるが、金をもらってとなると罪の軽減は望めない。まず、まちがいなく死罪になる。

いくら闇に落ちた者とはいえ、死にたくはない。いや、闇に落ちたからこそ、他人よりもいい生活をしたいと思っている。そんな連中がつきあいの浅い依頼主を信用するはずはなかった。ことが成就した後、闇の連中を町方に売るかも知れない。いや、後腐れを考えると、死んでもらったほうがいい。そういった対応にでる依頼主が多いだけに、闇の者ほど慎重になった。

「……旦那」

少し悩んでから九平次が桐屋を見た。

「なんや」

桐屋が発言を促した。

「ちいと怪しい話ですけど、僧兵はいかがでっしゃろ」

「僧兵……いったいいつの話をしてんねん。僧兵なんぞ、平安のころやろ」

桐屋があきれた。

「違いますねん。表舞台からは消えましたけど、未だにいてるそうですわ」

「どこから聞いた」

桝屋茂右衛門が問うた。

「十日ほど前で」

「……十日ほどか」

「いつものように錦市場の側で探っているときに、ちらと耳へ挟みました」

九平次が述べた。

「となると辰巳屋か丹波屋が知ってるな。呼んでおいで」

「それはよろしいけど、九条さまへのお目通りはどないしましょ」

九平次が訊いた。

近衛と並ぶ禁裏の実力者を籠絡する予定を桐屋は立て、その手配を九平次に命じていた。

「後回しや。さっさと行き」

「へい」

身軽く立ちあがった九平次に、桐屋が手を振った。

二条大納言治孝のもとへ松波雅楽頭が戻って来た。

「骨休めできたの」

「お陰様でございました」

腹心をねぎらう二条大納言に、松波雅楽頭が笑いかけた。

「うまく進んでおりますようで」

「ああ、禁裏で典膳正を忌避する動きが見られるわ。まあ、転んだけど、骨は折らんですんだというとこかの」

二条大納言が笑った。

「しかし、傷は負った。麿をまだまだやと笑う者が出た」

笑いを二条大納言が消した。

「一条はんですな」

「よう洛北に引っこんでいながらわかっとるな」

名前を出した松波雅楽頭に、二条大納言が感心した。

「御所さんと仲が悪いというたら一条はんでっしゃろ」

「それもそうや。あいつ、先日の叙任で右大臣から左大臣になったことを鼻にかけおってからに、腹立たしい」

松波雅楽頭の意見を二条大納言が認めた。

一条左大臣《さだいじん》輝良《てるよし》と二条大納言はよく似ていた。まず年齢が二歳しか違わない。一条左大臣のほうが若い。さらに正室も紀州徳川から迎えている。

問題はあまりに似すぎた境遇にあった。正室が同じ徳川御三家の出とはいえ、二条大納言の正室が水戸家なのに対し、紀州藩主徳川重倫《しげのり》の娘と格が高い。徳川御三家のなかで水戸はその初代が紀州家初代頼宣《よりのぶ》の同母弟頼房であることから、紀州の分家扱いとなっている。事実、紀州家が大納言まであがれるのに、水戸家は中納言までと一段低い。禄高も紀州が五十五万石なのに、水戸家は三十五万石と少ない。

そこへ官位の差がくわわっている。左大臣は大納言よりも高位である。

兄の急死を受けて家督を継いだため出遅れたというのもあるが、二条大納言治孝としては、歳下の一条左大臣輝良の出世は穏やかに笑って見過ごせるものではなかった。

そして人は嫌えば嫌われるものである。

一条左大臣輝良も二条大納言治孝を嫌っていた。歳が近いだけに比べられるというのもあり、今回松波雅楽頭が鷹矢に手痛い目に遭わされたという噂を聞くなり、二条大納言へ一条左大臣は嫌味を喰らわせていた。

「家宰が禁裏付に痛い目に遭《お》うたらしいの。人が足らんのなら、うちからもっと役立つのを貸してやろうかえ。さすれば少しは二条家も浮くやろう」

「…………」

朝議で会ったときに笏で隠しきれない笑いを向けられた二条大納言は、歯がみをして悔しがった。

「次善の策やったとはいえ、恥を掻《か》いたのはあの禁裏付のせいや。おとなしく南條の娘に手出してれば、こっちに引きこんで一条追い落としの手先として遣うつもりやったのに」

二条大納言が怒りをぶちまけた。

「そういえば、御所はん、南條の娘にお情けをかけはりませんのか。なかなか美形で、公家の娘には珍しゅう乳も張っておりますが」

「……阿呆なこと言いな。禁裏付が手出さんかった女を、麿が臥所《ふしど》に侍《はべ》らせるわけないやろ。そんなん聞こえてみい、またぞろ左大臣が大喜びで、麿の前に立ちおるわ。武家も手出さんかった女を抱くとは物好きなとな」

温子のことを尋ねた松波雅楽頭を二条大納言が叱った。

「お許しを」

「そんなん、どうでもええ。今は、禁裏付の泣き顔を見たいだけじゃ」

詫びた松波雅楽頭に二条大納言が手を振った。

「その話ですが、どうやら典膳正は遠出するようで。今日、禁裏の仕丁が教えてくれました」

「さすがやな。聞き耳の疾《はや》さはそちが天下一だろう」

二条大納言が称賛した。

「で、遠出は、どこまで行くんや」

「仕丁によると、どうやら典膳正は、坂本《さかもと》まで足を延ばすとか」

松波雅楽頭が答えた。

「近江の坂本、叡山の麓《ふもと》か。またみょうなところを選んだの。まあ、こちらとしてはつごうがええわ。洛中で禁裏付に死なれたら、幕府も黙ってへんやろうしの」

二条大納言がちょうどいいと手を叩いた。

四

休みの日、鷹矢は襲われたときの対応に遅れが出て痛い思いをした過去を鑑み、徒歩で坂本を目指した。

「お気を付けて」

「うむ」

弁当を用意した弓江にうなずいて、鷹矢は檜川を供に百万遍を後にした。

京から近江へは逢坂《おうさか》をこえて行く。かつてのように関所が在るわけではないが、ここから先は京ではないという区切りではあった。

「なにもないな」

逢坂に着いた鷹矢は、関所跡がないことに落胆していた。

「江戸から来られたときに、御覧にはなられなかったので」

檜川が問うた。

「赴任のときは、そんな余裕はないな。遅れれば老中首座松平越中守さまから叱られると思ってみろ、周りなんぞ見ていられぬわ」

「それはたしかに」

浪人だった檜川でも老中首座の権力がどれほどのものかはわかっている。松平越中守を怒らせれば、禁裏付など消し飛んでしまう。

「行こう」

見るものがないと鷹矢は逢坂に見切りを付けた。

「これやこの、行くも帰るも別れては、知るも知らぬも逢坂の関。これくらい知っておかなあきまへん」

朗々と一首詠みあげる声が聞こえた。

「誰だ」

檜川が素早く弁当を置いて、身構えた。

「落ち着いておくれやすな」

木陰から痩せた男が姿を現した。

「土岐……」

顔を見た鷹矢が目を剝いた。

「典膳正はん、おはようさんで」

禁裏仕丁の土岐が挨拶をした。

「なぜここに」

鷹矢が問うた。

「その前に、従者はんを抑えておくんなはれ。これ以上近づいたら、首が跳びそうですわ」

腰を引いた土岐が、鷹矢に求めた。

「檜川、大丈夫だ。こやつはまだ敵ではない」

「まだでございますな」

確かめながら、檜川が構えを解いた。

「かなわんなあ。あんたはんを紹介したのは、わいやで」

土岐がわざとらしく、額の汗を拭った。

「その恩は恩でござるが、家臣としての重みよりは軽い」

檜川が応じた。

「……家臣なら、しゃあおまへんな」

一瞬の間を挟んだ土岐が許した。

「で、何用だ。今日、仕事はどうした」

あらためて鷹矢が問うた。

「仕丁かて休みはおまっせ。で、聞けば典膳正はんもお休み。しかも物見遊山へ行かはるちゅうやおまへんか。薄禄な仕丁ではなかなか坂本まで行けまへんよってな、まんざら知らん仲でもなし。同行させてもらおうと思いまして、ここで待ってたんですわ。京から東へ下るなら、逢坂は絶対通らなあきまへんやろ。おっ、その包みは弁当ですかいな。いや、武家の嬢はんもなかなか気が利く。問題は味付けでんな。南條の姫はんなら、薄味で仕上げてくれましたやろうが……楽しみでんな」

土岐がいけしゃあしゃあと述べた。

「吾が坂本へ行くとどこで知った」

「そんなもん、典膳正はんが、黒田伊勢守はんに話した日から、禁裏で知らん者《もん》などいてまへんで。主上さえご存じなんと違いまっか」

光格天皇の名前まで出して、鷹矢の行動は衆知のことだと土岐が告げた。

「黒田伊勢守どのにしか話しておらぬのに、なぜ禁裏中に広まっているのだ」

　鷹矢が啞然とした。

「そら黒田伊勢守はんがしゃべらはったんですがな。まあ伊勢守はんとしても、訊かれたら答えますわな。別段、口止めしはったわけやおまへんやろ」

「たしかに口止めはしてないが……武士が他人のことをあまり軽々しくしゃべってもよいわけではなかろう」

　土岐の言い分を鷹矢は否定した。

「それは無理でっせ。禁裏でうまいことやっていこうと思えば、仕丁や雑司に嫌われたらあきまへん。仕丁や雑司は、塵芥《ちりあくた》のような身分で、公家はんのなかには犬猫のように思ってはる人もいてはりますけどな、わたしらも人ですねん。こっちにも気遣こうてくれはるお方とか、なにかと教えてくれはるお方はありがたいんです。恩とまではいきまへんが、次になんぞ頼まれたとき率先してしようかとか、そのお人のみょうな噂が出たら消すように動くとかしますす」

「それはわかる。だが、拙者がどこへ行くなど訊いてどうするのだ。禁裏にいなくなることだけわかっておればすむだろうに」

　鷹矢が怪訝な顔をした。

「とぼけんのは、もうよろしいで。仕丁や雑司がそれを欲しがる人に売りつけるとわかってはりますやろ」

「……………」

見抜かれた鷹矢は黙った。

「それを知ってて、あえてどこへ行くかを報せた。黒田伊勢守はんに場所まで話さんでもよかったはずでっせ。しかも行き場所が、京ではなく近江。所司代や町奉行所の権が及ばないところ」

土岐がじっと鷹矢を見た。

「坂本は大津代官石原清左衛門《いしはらせいざえもん》はんの支配。とはいうものの坂本は比叡山の門前町や。一応大津代官の範疇ですが、実質は坂本にある比叡山の末寺によって差配されている。大津代官としては触りたくないやろうし、比叡山としてはなんぞあったときの責任は負いとうない。両者がにらみ合うのではなく、目を逸らす場所。坂本は、幕府の手が及ばんところでんな。わざわざそんなところを選ぶ。なにも考えていないとは思えまへんなあ」

小さく土岐が笑った。

「罠には罠と思ったのだが……ばれているか」

「さあ、どないでっしゃろなあ。わいは典膳正はんをよう知ってますよって、なんぞ意味があるとわかりましたんやけど、二条はんはどないですやろなあ」

問うた鷹矢に、土岐が首をかしげた。

「いや、気付きはりますやろ。向こうには南條の姫はんがいてはる。南條の姫はんなら、わいよりも典膳正はんのことを知ってはるはず」

「むう」

鷹矢が難しい顔をした。

「まあ、今更ですやろ。もっとも坂本へ行かんと帰るちゅう手もおますで。行かなあかんもんでもおまへんしな。なんせ物見遊山でっさかい、途中で気が変わるなんぞいくらでもあるこって」

土岐が軽く述べた。

「行かないという手もあるか……」

言われた鷹矢が思案に入った。

「それもまた罠ですわ。どうせ、二条はんが刺客を抱えてるわけやおまへんねん。外へ任せているはず。己の手を汚さないのが公家、刺客を雇う金も出してまへんやろ。刺客に空振りさせるのもおもしろいでっせ。まあ、今回無駄足させても代金は変わらんかも知れまへんが」

「殺していくらだろう、刺客は」

土岐の言葉に鷹矢が口を挟んだ。

「さあ、あいにく刺客をやったことも、雇うたこともおまへんから、そのへんはわかりまへん」

「よく言う」

「かなんなあ」

冷たい目で見る鷹矢に、土岐が頭を掻いた。

「檜川、そなた土岐と知り合いであろう」

ふと思い出したとばかりに鷹矢が質問した。

「はい。と言ったところで、禁裏の仕丁だとは知りませんでした。大坂で地回りに絡まれていたところを救ったのが縁で、そのあと何度か酒をおごってもらっただけで」

檜川が戸惑いながら説明した。

「いやあ、あのときは助かりましたわ。ちいと大坂まで買いものを命じられましてな、遠出したんですけど、土地勘がないよって道に迷ったあげくに、地回りともめまして。いやあ、地回りに禁裏の仕丁じゃとか、従七位じゃ、なんぞなんの意味もおまへん

「いや、五人の地回りが一呼吸で全員倒れたんでっせ。そらもう、鞍馬《くらま》の天狗《てんぐ》とはこのお方のことやないかと思いましたわ」

遠慮なく土岐が檜川を讃《たた》えた。

「鞍馬の天狗とは大げさな」

檜川が顔を赤くした。

「たしかに、檜川ができるのは見ている」

何度も助けられている。鷹矢も異論はなかった。

「で、どないしはりますねん。このまま行かはりますか、止めはりますか」

「そうよなあ。無駄足をさせるのもおもしろいが、そうなるとまた来るだろう」

「そらそうですわ。仕事ですよってな。相手を仕留めるか、頼み主が取りやめを通知せんかぎり、襲い続けるのが刺客っちゅうもんです」

「……くわしいな」

「わ」

土岐が大仰な身振り手振りで見せた。

「よく、それだけの縁で吾の警固にと思ったな」

鷹矢があきれた。

「いや、聞いた話ですわ」

じろと睨んだ鷹矢から、土岐が目を逸らした。

「よし、行こう。一度ですませられるならば、それにこしたことはないし、相手の顔を見るだけでも価値はある。これは駄目だとわかれば逃げればいい」

鷹矢が決断した。

# 五

松波雅楽頭から水戸家京屋敷用人中山主膳へ鷹矢の予定はとっくに報されていた。

「来るように」

中山主膳は木屋町の茶屋いづう屋から、大坂浪人の奥出、沢野に呼びだしをかけた。

「やっとか」

「会いたいと申しこんでもう三日になるというに」

奥出と沢野が文句を垂れながら、いづう屋を訪れた。

「遅かったの」

放置していたにもかかわらず、中山主膳が奥出と沢野を叱った。

「申しわけない。迎えを受けてすぐに出たのだが」

奥出が代表して詫びた。

「まあいい。用件に入るぞ。禁裏付が京を離れる」

「ほう、京を離れる。どこへ行くと」

中山主膳の言葉に、奥出が反応した。

「坂本だ。名所旧跡巡りとしては、妥当なところであろう」

当たり前の行動だと中山主膳が述べた。

「……言われてもの、沢野氏。我ら浪人、物見遊山などする余裕はない。今回の話でもなくば、大坂から出ることもなかったろう。坂本なんぞ知りもせぬ」

「ああ」

奥出と沢野がうなずき合った。

「坂本を知らぬと申すか」

中山主膳が困惑した。

「地の利はござらぬ」

沢野が告げた。

「それくらいどうにかならぬのか。どのような条件でも仕事を果たすのが当然のことだろう」

中山主膳が苛立った。

「万全を期すには、地理を知ることは重要でございますぞ。どこへ逃げこまれたらつごうが悪いとか、あの路地に追いこめば行き止まりだとかを知っているか知らないかの差は大きゅうござる」

「むうう」

中山主膳が唸った。

「百万遍の辺りならば、毎日下見をしましたので、地の利はござる。出たところ、あるいは帰り着くときを狙ってはいかがでござる」

奥出が提案した。

「いや、それはまずい。洛中で禁裏付が襲われ続けるなど、所司代、町奉行の面目にかかわる。禁裏付を無事討てたとしても、その後の探索は厳しいものになる」

険しく眉をひそめた中山主膳が否定した。

「その足でお国元へ移してもらえば、大事ございますまい」

沢野が京を離れれば捕まらないと言った。

「すぐはまずい。ほとぼりが冷めねばどこから足が付くかわからぬ。せめて町奉行所がやる気をなくす三カ月は空けねばなるまい」

中山主膳が首を横に振った。

「三カ月もでござるか」

奥出が渋い顔をした。

「ああ。町方役人というのは、思ったよりもしつこい者よ。とはいえ、必死になるのは最初の一月。なにせ京はよそ者を受け入れない土地だ。見慣れぬ者は、目立つ。そなたたちもすでに目を付けられておろう」

「まさか、毎日宿を替えておりますぞ」

言われた奥出が驚いた。

「それでもだ。物見遊山の姿をしているならまだしも、おぬしたちのような浪人ものは、とくに注意を惹く」

中山主膳が語調も強く言った。

天草の乱、由井正雪《ゆいしょうせつ》の乱と二度浪人に手を焼いた幕府は、その対処を厳しいものにした。なかでも京、江戸、大坂における浪人の取締に重点を置いた。

とくに朝廷のある京での浪人は、絶えず見張られていると言ってもいい。なにせ京には、幕府が大政を預かる名分たる朝廷があり、天皇がいる。

由井正雪ではないが、京を押さえ朝廷を手中にすれば、徳川家から征夷大将軍を取りあげ、朝敵にすることもできる。

幕府が気を尖《とが》らせて当然であった。

「なんとまた」

沢野が嘆いた。

「禁裏付が襲われれば、百万遍の付近をうろついていたそなたたちが疑われる。町人どもが訴人するからの。ご手配となった者はさすがに召し抱えるわけにはいかぬぞ」

「………」

正論に奥出が黙った。

「その点、坂本ならば心配はない。坂本は比叡山のお膝元だ。比叡山へ参拝する者が出入りするだけに、よそ者に慣れている。一々人相など覚えはせぬ。さらに坂本は大津代官支配じゃ。代官には手代しかおらぬゆえ、捕り方に追われる心配もない」

「たしかに」

「そうだな」

二人が納得した。

「わかった。坂本まで参ろう。しかし、二つ頼みがある」

「申せ」

奥出の発言を中山主膳が許した。

「一つは一日でいい。坂本へ先に入らせてくれ。どこが襲撃に向いているかを調べておきたい」

「勝手に行けばよかろう」

求めを中山主膳があしらった。

「路銀を工面願いたい」

奥出が手を出した。

「自弁いたせ。それも含めての報酬じゃ。ことをなした後、当家で召し抱えるというのが約定であったはずだ」

「まことでござろうな」

断った中山主膳に、沢野が喰い付いた。

「嘘偽りは申さぬ」

中山主膳が胸を張った。

「そこまで言われるならば、主家の名前を教えてくれてもよかろう」

奥出が不満を述べた。

大坂で世話になっていた剣道場へいきなり現れた中山主膳から持ちかけられた話で、具体的条件などはなにも報されてはいない。

木屋町のいづう屋を通じて遣り取りをすることだけが決められていただけであった。

「そなたらが捕まって、当家の名前が出ては困る。ゆえに辛抱いたせ」

中山主膳が拒んだ。

「それでは信用できぬ」

露骨に奥出が疑った。

「そうか、わかった。別段、そなたたちでなくともよいのだからな。では、なかった話としよう」

中山主膳が腰をあげた。

「ま、待ってくれ」

沢野が慌てた。

「我らが不安なことはおわかりいただけよう。おそらく生涯最初で最後の機会なのだ。はたして本当に仕官できるのか、気になって、集中できぬ」

「ふむ。集中できぬのはまずいな。そのために失敗でもされては困る」

しばらく中山主膳が思案した。

「……そなたたち、仕官する意味をわかっておるか」

「主君に仕えるのだろう」

中山主膳の問いに奥出が答えた。

「主命には逆らわぬ。死ねと言われれば、黙って腹を切らなければならない。それが家臣というものだ」

「…………」

念を押された奥出が沈黙した。

浪人は明日の保証がない代わりに、なにをしてもいい。一日寝ていてもいいし、己の命にだけ責任を持てばいい。主命で死ななければならない武士に比べて、かなり気楽であった。

「いつまでも浪人のつもりでいては困る。命じられればなんでもする。それが家臣。滅私奉公じゃ」

「承知いたしております」

沢野がうなずいた。

「よかろう。そなたはどうだ」

黙っている奥出に、中山主膳がもう一度問うた。

「別に仕官を強制はせぬぞ。金がよければ金を出そう」

「……わかった。命を預ける」

悩んだ末に奥出が首肯した。

「控えよ」

背筋を伸ばして中山主膳が厳しい声を出した。

「はっ」

「………」

沢野と奥出が両手を突いた。

「水戸家京屋敷用人中山主膳である」

初めて中山主膳が名乗った。

「水戸のご家中さま」

「御三家の」

二人が驚愕した。

「主家の名前を軽々しく教えなかった理由がわかったであろう」

「失礼をいたしましてございまする」

沢野が謝罪した。

「うむ。だがもうよい。そなたたちの覚悟を余は認めた」

一度中山主膳が言葉を切った。

「畏れ多い」

やはり沢野が受けた。

「よって余が二人を召し抱える。禄として十石五人扶持を与える」

中山主膳が宣した。

十石五人扶持は、禄が十石、現物支給として一日玄米二升五合を与えられる。禄は五公五民で五石、扶持が年九石、合わせておよそ十四石になった。

一石一両として、ほぼ月に一両あり、住まいとして長屋を与えられれば、妻を娶《めと》り子をなしてもなんとかやっていけた。

「召し抱える……」

「十石五人扶持……」

平伏したままで沢野と奥出が繰り返した。

「そなたたちは、今より吾が家来である」

もう一度中山主膳が繰り返した。

「かたじけなき仰せ」

「ありがとうございまする」

ようやく理解できたのか、二人が礼を言った。

「うむ。では、余が命じる。坂本まで行き、禁裏付東城典膳正を討て」

主君として中山主膳が指示した。

「ははっ」

「承知つかまつりました」

二人がさらに深く頭を垂れた。

「もう一つの願いはなんだ」

「できれば、一人増員をお願いいたしたく」

中山主膳に促されて、奥出が求めた。

「二人でできぬのか」

「それが……」

不機嫌になった中山主膳に、奥出が申しわけなさそうに事情を話した。

「ふむ。思ったよりも強くなっていたか……」

聞いた中山主膳が思案に入った。

「仕官はそなたたち二人で十分だ。それ以上は要《い》らぬ」

「かたじけないことでございまする。よろしければ金で一人雇い入れていただければと存じまする。一両もやれば喜んで参りましょう」

一両あれば、浪人一人ならば二カ月は生きられる。

「……一両か。わかった」

奥出の案に中山主膳が乗った。

「金は後でよいな。それくらいはそちらでいたせ」

刺客は半金前払いが決まりである。それを中山主膳は変えさせようとした。

「はい。雇い入れる者は、我ら存じ寄りでございますれば、いかようにも」

奥出がうなずいた。

「坂本でならば、顔をさらすこともあるまい。ことをすませたならば、ここいづう屋へ立ち帰り、余へ報せを寄こせ。よいな、決して洛中で仕掛けるでないぞ」

中山主膳がきつく釘を刺した。

「心に刻みましてございまする」

「かならずや禁裏付を討ち果たして御覧にいれまする」

沢野と奥出が応じた。

「二分ある。これを旅費に使え。吾が家臣となったのだ。遠慮は要らぬ」

先ほどとは打って変わって、中山主膳が気前よく金を出した。

「遠慮なくちょうだいつかまつりまする」

沢野が押し頂いた。

「その形《なり》で屋敷に来られては困るゆえ、ここに着替えを届けさせておく。かならず、いづう屋へ顔を出せ」

中山主膳がもう一度念を押した。

「はい」

「ご命のとおりに」

二人が首を縦に振った。

「では、行け」

中山主膳が手を振った。

「吉報をお待ちくださいませ。いくぞ、奥出」

「おう」

気合いも十分に二人が出ていった。

「やる気になったか。手間のかかる」

二人がいなくなるのを待って、中山主膳がため息を吐いた。

「仕官できたという喜びで気付かなかったようだが、水戸家ではなく儂の家臣、陪臣だということに。陪臣ならば、あやつらがなにをしでかそうとも、水戸家には及ばぬ。それにまだ儂はあの者どもを家臣として藩庁に届けておらぬ」

中山主膳が口をゆがめた。

「ことを失敗しても、誰かに見られたとしても、水戸にはかかわりない」

冷たい声で中山主膳が独りごちた。

「うまくやり遂げたならば、それはそれで使い道もある。なにかと京洛には面倒ごとが転がっている。命じれば人を殺す者を飼うのも用人として要りようなことかも知れぬ。十石五人扶持なら、安い買いものといえる」

満足そうに中山主膳が笑った。

「さて、二条さまにご報告だけしておくか」

中山主膳が立ちあがった。

「いきなり京洛から遠い坂本まで行く。罠やな」

「さようですやろうな」

中山主膳から伝えられた二条大納言と松波雅楽頭が顔を見合わせた。

「南條の娘に確かめましょか」

念のためにと松波雅楽頭が問うた。

「そやな。面倒やから事情を話しておきや」

二条大納言がうなずいた。

「御所さま」

温子の身分では、書院に入ることはできない。廊下で呼び出された温子は正座をした。

「雅楽頭から聞いたやろ」

「伺いましてございまする」

温子にとって実家を引きあげてくれた二条大納言は恩人である。畏まった口調で温子は応じた。

「どうや、典膳正のことはそなたがよう知っているはずや」

「おそらく、承知のうえでのことだと存じまする」

二条大納言から確認された温子が答えた。

「ほうか。よろし。下がり」

用はすんだと二条大納言が命じた。

「はい」

温子が廊下を帰って行った。

「御所はん、このこと中山主膳に報せんでもよろしいので」

松波雅楽頭が尋ねた。

「かまへん、かまへん。うまくいってもいかんでも、こっちには関係ない。それくらいは主膳がうまくやりよるやろ」

あっさりと二条大納言が話を終えた。

「それよりも近衛の動きや。あちこちに金を撒いてるちゅうやないか」

すでに二条大納言の興味は鷹矢になかった。公家にとってなにより大事なのが、己の家の格である。それにかかわることは見過ごせなかった。

「なんでもとある店を禁裏御用達にしたいとか言うて、名のあるお方を訪ねてはるらしいと」

松波雅楽頭も近衛経熙の動きを把握していた。

「金を撒くほどの余裕は近衛にもない。金がその商人から出たのはまちがいないやろうが、あかんで。金を受け取った連中は、近衛に引け目を感じる。次の叙任で近衛を関白にという話になっては困る」

二条大納言が顔をゆがめた。

「その商人と連絡を取って見まひょうか」

「できるか」

対策を提案した松波雅楽頭に二条大納言が身を乗り出した。

「二条家が反対したら、話はならんで、と言えばこっちにもすり寄ってきますやろ」

「任せる」

松波雅楽頭の言葉に、二条大納言がうなずいた。

二人の主従が策を巡らせる屋敷の台所で、温子が一人佇《たたず》んでいた。かつての美貌はくすみ、わずかな期間で温子はやつれ果てていた。

「……典膳正はん」

温子がせつなそうに呟いた。

この作品は徳間文庫のために書下されました。

徳間文庫

禁裏付雅帳五

# 混《こん》乱《らん》



2017年10月15日 初刷

著者 上《うえ》田《だ》秀《ひで》人《と》

発行者 平野健一

発行所 株式会社徳間書店
東京都港区芝大門二—二—二〒105—8055
電話 編集〇三(五四〇三)四三四九
販売〇四八(四五一)五九六〇
振替 〇〇一四〇—〇—四四三九二

印刷 図書印刷株式会社

製本 ナショナル製本協同組合

ISBN978-4-19-894267-0 (乱丁、落丁本はお取りかえいたします)